AF238983

KRIMI**AUT**OR|NNEN

MordsZeit

2

Mörderische Geschichten für zwischendurch der
Österreichischen Krimiautor:innen

Impressum:
© Karina-Verlag, Wien
VLB-5263700
www.karinaverlag.at

Texte: Österreichische KrimiautorInnen
Illustrationen: Karina Pfolz
Layout: Karina Pfolz
Lektorat: Bruno Moebius
Covergestaltung: Karina Pfolz
Coverbild: Pixabay
Druck: BookPress,
mit Dank für die Unterstützung

© 2023, Karina Verlag, Vienna, Austria,
Print: ISBN: 978-3-903161-60-3
E-Book: ISBN: 978-3-903161-89-4

KRIMI**AUT**OR|NNEN

MordsZeit

2

Mörderische Geschichten für zwischendurch der
Österreichischen Krimiautor:innen

Dieses Buch unterstützt die

kinder
krebshilfe
WIEN·NÖ·BGLD

Generalprobe

Du hebst die Rechte, die das Messer hält. Lässt sie zaghaft wieder sinken. Wie überwindet man sich, jemanden mit einer Klinge zu durchbohren, nicht in Notwehr, sondern geplant, begründet, systematisch? Er ist ein Schwein, ein richtig mieses Schwein. Was er dir angetan hat. Was er anderen künftig antun könnte. Sein Geruch macht dich krank. Ein Schwein darf man töten. Jeder Schlachter tut das. Jeder Jäger tötet Tiere, nennt es Hege.

Deine linke Hand schwebt über dem Fleisch, will es packen, es fixieren. Doch davon würde er aufwachen, könnte dich sehen, mit dem Fleischermesser in der Hand, 25 Zentimeter frischgeschliffener Klinge, und Gott weiß, was dann … Es muss so gehen.

Du hebst das Messer, holst Schwung. Es fährt herab, nur um kurz vor dem Ziel mitten in der Luft steckenzubleiben, wie von einem mächtigen Magneten abgestoßen. Falsche Polung, denkst du, drehst sie um, die Polung – Anziehung statt Abstoßung – holst erneut aus und stößt die Klinge durch die bleiche Schwarte. Ein schabendes Geräusch, als sie auf Knochen trifft. Nur um Haaresbreite verfehlt die abgleitende Messerspitze deinen Oberschenkel. Du schnappst nach Luft.

Kein Ton, keine Bewegung von deinem Opfer, trotz der Schnittwunde. Können Schlafmittel so stark sein, dass man eine oberflächliche Verletzung verschläft? Wie dumm zu vergessen, dass Rippen unter der Haut liegen, die Teile zu schützen, die es zu treffen gilt.

Schnell jetzt, den Ekel überwinden. Mit der Linken tastest du über das Fleisch, zärtlich fast, markierst eine Stelle zwischen den Rippen, indem du mit dem Finger eine Mulde hineindrückst, und treibst das Messer durch das Ziel, bevor du darüber nachdenken kannst, was du tust. Wie mühelos die Schneide eindringt, diesmal, Fleischfasern glatt durchtrennt bis zum Herzen, mindestens. Du hast es geschafft, hast dich überwunden, den Bann gebrochen und so schwer war es gar nicht. Ein Hochgefühl wie damals nach dem ersten Sprung vom Dreimeterbrett. Herausforderung angenommen. Treffer, versenkt!

Die Klinge steckt zwischen den Rippen. Du rüttelst daran, bis sie sich löst, siehst hinüber zu Sandra, die im Halbdunkel kaum zu erkennen ist. „Gut gemacht", könnte die wenigstens sagen, wo sie sich selbst schon nicht traut. Stattdessen schweigt sie, schaut drein, als hätte sie den Stich zwischen die Rippen bekommen. Einmal wirst du noch zustechen. Dann soll sie das Messer nehmen, sich beweisen.

Deine Finger wandern über die Haut auf der Suche nach einem neuen Angriffspunkt. Glatt fährt das Messer durch Fett und Muskelgewebe, der Widerstand kaum erwähnenswert, ein Kinderspiel. Ein weiterer Stich. Und noch einer.

Du betrachtest das Gemetzel. Dein Stolz verebbt. Kein Schrei, keine Todesangst, nur diese passive Gegenwehr des Fleisches. Kein Blut.

„Damit du weißt, womit du zu rechnen hast", hat Sandra gesagt, „machen wir eine Probe."

Sie hat das Fleisch auf den Tisch geknallt, Schweinskarree im Ganzen, das jetzt erstochen vor dir liegt, der Geruch fast unerträglich für eine Vegetarierin. Du hebst den Blick, siehst Sandra ein Blatt Basilikum von der Staude auf dem Fensterbrett rupfen und in den Mund stecken, wie so oft, wenn sie nervös ist. Was denkt sie?

Du hebst das Messer, trotzig. Immer schon haben Menschen getötet, haben Tiere, Feinde, Nachbarn vernichtet. Es ist normal. Auch der Braten, der vor dir liegt, ist nicht auf einem Baum gewachsen. Er war Teil eines Schweins, dessen Todesschreie im Schlachthof vor abgestumpften Ohren verklungen sind. Ein Opfer der menschlichen Natur. Und weshalb soll es überhaupt schlimmer sein, ein Tier zu töten, als eine Pflanze auszureißen? Ein paar Blätter Basilikum zu zupfen. Einen Strauß Rosen zu schneiden, die dann prächtig in der Vase vor sich hin rotten. Gut möglich, dass auch die in unhörbaren Frequenzen schreien.

Die Vision seines zerfetzten Körpers, des blutbesudelten Bettes, über das du eine Garnierung aus Erbrochenem würgst. Du lässt das Messer neben den abgestochenen Fleischbrocken sinken.

Wirst du ihn töten können?   Gudrun Lerchbaum

Bankauszug

Ich war Anlageberater in einer großen Bank, ich beriet Leute, die ihr Geld gewinnbringend anlegen wollten. Unter ihnen war eine reiche Witwe, bei der ich immer ein glückliches Händchen hatte.

Selbst durfte ich nicht spekulieren, und das empfand ich als sehr ungerecht.

Eines Abends hatte ich eine glorreiche Idee. Einen Teil des Gewinns buchte ich einfach auf mein Konto. Ihr würde es sicher nicht auffallen.

Es lief gut, ein beträchtliches Sümmchen befand sich bald darauf.

Bis eines Tages ...

Ich stand bei der Kaffeemaschine, als eine Kollegin zu mir trat.

„Kunden betrügt man nicht", sagte sie.

„Spinnst du?"

„Mein Lieber, ich weiß genau, wie viel du der armen Frau bereits abgenommen hast. Ich muss das dem Chef melden."

„Nein!", rief ich laut.

„Es gäbe vielleicht noch eine andere Möglichkeit."

„Was meinst du?"

„Eine Beteiligung!"

„Wie viel?"

„Nur einhundert Prozent!", sagte sie und lächelte mich süß an.

Mir wurde schwindlig. War sie wahnsinnig?

„Glaub mir, dazu gibt es keine Alternative."

Dieses Luder! Wollte sich alles unter den Nagel reißen! Was konnte ich tun? Ich musste sie ermorden. Mit Gift! Genau! Ein Mann mordet nie mit Gift, deshalb fiel sicher kein Verdacht auf mich.

Wenn sie sich morgens einen Kaffee holte, würde ich unbemerkt Gift in ihre Tasse schütten.

Mit einem kleinen Fläschchen in der Hand ging ich zu ihr, als sie bei der Maschine stand.

Doch als sie zu ihrem Tisch zurückging, stolperte sie, die Tasse zerschellte am Boden.

Mir fiel ein, dass sie nach Dienstschluss immer als Erste die Stiegen hinunterlief. Wenn ich ein Seil bei den Stufen spannte, stürzte sie darüber und brach sich sicher das Genick.

Doch ausgerechnet heute hatte es jemand anderer besonders eilig.

Sie rief mich am Abend an. „Wenn du nicht wegen Betrug und Mordversuch vor Gericht stehen willst, überweist du mir morgen das Geld."

Was blieb mir anderes übrig? In der Früh startete ich die Transaktion.

Als ich mir einen Kaffee holte, kam sie zu mir.

„Es ist zu wenig", sagte sie.

„Mehr habe ich nicht."

„Doch! Du hast eine nette Wohnung. Überschreib sie mir."

Und wo blieb dann ich?

„Noch etwas!", sagte sie so nebenbei. „Sollte mir irgendetwas geschehen, bei meinem Rechtsanwalt liegt ein Brief, in dem alles aufgezeichnet ist. Nur damit du nicht auf dumme Gedanken kommst."

Mein Schicksal war besiegelt!

„Sag, könnte ich nicht als dein Mieter in der Wohnung bleiben?"

Sie lachte glockenhell auf. „Das muss ich mir noch überlegen."

Einige Tage vergingen. Dann bekam ich einen Brief von einem Rechtsanwalt.

Dieses Miststück!

Mit zittriger Hand riss ich das Kuvert auf.

„Sehr geehrter Herr!", stand da, „Als Erblasser der verstorbenen Witwe Sowieso möchte ich ihnen mitteilen, dass Sie in ihrem Letzten Willen mit einer Geldsumme bedacht wurden. Ich bitte Sie, bei der Verlesung des Testamentes zu erscheinen. Hochachtungsvoll!"

Ich jubelte! Die alte Dame hatte mich also doch in ihr Herz geschlossen und für meine treuen Dienste belohnt. Ich war reich!

Innerlich schloss ich Frieden mit meiner Kollegin. Sollte sie doch alles behalten, dieses raffgierige Luder. Ab jetzt war ich sicher Millionär.

Um genau zu sein, wurde ich mit einhundert Euro be-dacht. Mordgedanken umschwirrten mich wieder, doch die Kollegin war verschwunden. Sicher verprasste sie mein Geld auf einer Südseeinsel und ich durfte unter der Brücke schlafen.

Jetzt frag ich Sie: Ist das gerecht?

Eric Manz

Endlich Liebe

Honigschlecken war es keines, das Leben bisher. Ihre Ehe fesselte sie nicht mit Liebe und Harmonie, sondern mehr mit brutaler Gewalt und Todesangst, die auch nach ihrer Flucht nicht enden wollte. Viele Jahre litt sie unter ständiger Panik, die durch laufende Morddrohungen nicht besser wurde. Erst nach vielen Gerichtsverfahren und sieben Jahren zermürbender Beweisführung konnte sie durch die Inhaftierung des Täters endlich etwas schlafen.

Mehr zum Wohle ihrer Kinder als zu ihrem ging sie eine neue Beziehung ein. Doch auch diese brachte nicht den Frieden in der Seele, erkannte sie doch bald, dass sie laufend betrogen und belogen wurde. Es reichte ihr dann endgültig mit den Männern, denn der nächste Anwärter dachte, dass sie ihn durchfüttere und er sich auf die faule Haut legen könne.

Allerdings, wenn man die Perspektive der Betrachtung auf den Verlauf eines Lebens änderte, gab es sicher auf dieser Welt viel schlimmere Schicksale. Sie sollte nicht unzufrieden sein, immerhin war sie gesund und am Leben. Das war doch schon etwas. Eine Frau alleine konnte ja auch ganz gut ihren Mann stehen und brauchte dazu nicht unbedingt so ein Exemplar.

Die nächsten Jahre verbrachte sie alleine. Zwar mochte man denken, dass das nicht übel war, immerhin hatte sie die Freiheit niemandem Rechenschaft über irgendetwas abzulegen. Konnte machen, was sie wollte. Trotzdem war da dieses Loch in der Seele. Es fehlte ihr so, dass niemand sie vermisste, dass sie keinen hatte, um etwas zu erzählen, die Wärme einer Umarmung nicht spürte und die ganze Welt nicht einmal ein „Guten Morgen" für sie hatte.

Manche Menschen brauchen die Liebe einfach, um zu atmen, andere wieder nicht. Sie brauchte sie und bis zu diesem Tag hatte sie nur die Sehnsucht danach, denn geschenkt wurde ihr Zuneigung nie.

Das Schicksal hatte da aber noch eine Überraschung für sie. Eine Begegnung, ein paar Worte, und in ihrer Seele breitete sich eine unglaubliche Ruhe aus. Zuerst wehrte sie sich, wollte sich nicht auf ein weiteres Abenteuer einlassen, die Angst vor weiteren Qualen war einfach zu groß; trotzdem genoß sie die nächtlichen Telefonate, die Schreiben …

Und dann blieb sie für eine Nacht. Eine Nacht voll Zärtlichkeit, die sie noch nie gefühlt hatte, voll Worten und Gedanken, die ihren so ähnlich waren, voll Erzählungen von Vergangenem, das ihrem glich. Es war, als würden zwei Seelen sich verbinden, die einander ein Leben lang gesucht hatten.

Doch dann kam die Angst davor, dass es so vollkommenes Glück nicht geben konnte. Sie kuschelte sich fester an ihn, lauschte seinem Herzschlag, roch seinen Duft, genoß seine Liebkosungen. Sie wollte diesen Augenblick aufbewahren für die Ewigkeit.

Als sie nachhause kam, vollgefüllt mit Liebe und mit soviel Glück im Herzen, fühlte sie sich zum ersten Mal frei. Dieses Gefühl der inneren Wärme umschloss sie mit so einer Leidenschaft, dass sie dies nie mehr verlieren wollte. Kein Vermögen, keine Güter oder anderer materieller Besitz könnten jemals so wertvoll sein.

Sie legte sich aufs Bett, nahm das Foto ihres Liebsten in die Hand, lächelte und küsste das Bild. „Schlaf gut, mein Schatz, ich fühle und rieche dich noch und niemals möchte ich dies missen."

Dann nahm sie die Packung Schlaftabletten aus der Nachttischlade, schüttete den Inhalt in ihre Hand – ein letzter Blick auf das Bildnis, dann schluckte sie die Medikamente.

Am nächsten Morgen wunderte sich die Nachbarin, dass der Hund laut heulte. Das Tier war sonst immer sehr ruhig und brav. Sie nahm den Ersatzschlüssel, um im Nebenhaus nachschau zu halten, ob alles in Ordnung war. Im Schlafzimmer fand sie die Frau. Friedlich am Bett liegend, das Foto ihres Liebsten fest an ihre Brust gepresst und mit einem zauberhaft glücklichen Lächeln im Gesicht. Sie war tot.

Vielleicht waren ihre letzten Gedanken: »Wenn es am schönsten ist, dann sollte man aufhören.«

Karina Pfolz

Verschwundene Rosamunde

Er saß mit einem Glas Campari-Orange verträumt auf der Terrasse ihres elitären Bungalows und ließ seine Blicke über den angrenzenden Schotterteich schweifen. Die lästigen Schlauchboote der Polizei waren schon seit geraumer Zeit verschwunden, nun strahlte die Wasseroberfläche eine geduldige Stille aus. In ungefähr 46 Wochen würde für ihn ein neues Leben beginnen.

Vor beinahe sechs Wochen hatte Adalbert Weissensteiner seine Frau Rosamunde bei einer Polizeistation als vermisst gemeldet. Nach einigen Tagen ging der Fall an das Landeskriminalamt, das Hintergrundinformationen ausarbeitete und Weissensteiner vernahm. Aufgrund einiger Aussagen von Bekannten, die Weissensteiner als berechnenden und egoistischen Menschen erscheinen ließen, und der bestehenden Vermögensverhältnisse wurden aus den Vernehmungen intensive Verhöre, schließlich galt er mittlerweile als Verdächtiger.

„Sie ließen also Ihre Frau alleine in die Ukraine fahren, um ...?"

„Um Menschen vor Ort zu helfen. Sie kannten meine Frau nicht! Sie war so gefällig, wenn Not am Mann war. Bertl, sagte sie immer, da müssen wir eingreifen! Und wenn du nichts tust, dann nehme ich das in die Hand! Das war ihr Credo! Und genau deswegen ist sie in die Ukraine gefahren!"

Oberstleutnant Zimmgurt vom LKA glaubte ihm nicht, zumal Handy und etliche andere persönliche Gegenstände von ihr im gemeinsamen Haushalt aufgefunden worden waren. Aufgrund eines Gerichtsbeschlusses wurde im gesamten Haus von der Forensik-Abteilung akribisch nach Blutspuren und anderen Indizien gesucht, die auf ein Gewaltverbrechen hinweisen könnten. Da diese Untersuchungen nichts zutage brachten, wurde daraufhin in den nächsten Wochen der angrenzende Wald von Leichenspürhunden durchforstet, der Schotterteich mittels Sonargeräten und Tauchern abgesucht und das frisch betonierte Fundament für eine geplante Pergola aufgeschremmt. Trotz intensiver Bemühungen gab es abermals keinerlei eindeutige Beweise, die auf einen gewaltsamen Tod von Rosamunde Weissensteiner hinwiesen. Der Vorgesetzte von Oberstleutnant Zimmgurt, der die anfallenden Kosten rechtfertigen musste, strich deswegen weitere geplante Aktionen ersatzlos. Das Bauchgefühl von Zimmgurt wurde schlicht negiert.

Fast auf den Tag genau nach einem Jahr nach Weissensteiners Anzeige beantragte dieser eine sogenannte „Todeserklärung nach einem Jahr Abwesenheit ohne Nachricht", da seine Frau – wie er angab – in ein Krisen- und Kriegsgebiet in der Ukraine gereist war. Die Behörden gaben sich mitfühlend und versprachen ihm baldige Erledigung.

Und wieder saß er mit einem Glas Campari-Orange auf – nunmehr – seiner Terrasse und träumte von seinem zukünftigen Leben: keinerlei Verpflichtungen, eine ansehnliche Summe aus der Lebensversicherung und das ewige Gekeife wegen irgendwelchen Kleinigkeiten blieb ihm auch erspart. Nach dem vierten Glas überkam ihn doch ein Hauch von ein bisschen Wehmut. Er schnitt eine rosa Rose ab und ging gedankenverloren in den hinteren Teil seines Gartens.

Drei Tage später klopfte es an Weissensteiners Tür. Es war Zimmgurt.

„Herr Oberstleutnant!", war dieser mehr als überrascht. „Was verschafft mir die Ehre Ihres unerwarteten Besuches?"

„Oberst!", sagte Zimmgurt emotionslos. „Mittlerweile bin ich Oberst!"

„Schön und gut, Herr Oberst! Trotzdem. Was verschafft mit die Ehre Ihres Besuches?"

„Mein Bauchgefühl …", erwiderte Zimmgurt. „Und genau dieses ließ mich ein ganzes Jahr nicht los."

„Ich verstehe nicht …"

„Ich schon, Herr Weissensteiner! Ich habe an Vieles gedacht. Versenken im See, einbetonieren in einem Fundament, vergraben im Wald. Ich hatte die richtige Nase."

„Lächerlich!", grinste Weissensteiner und wurde leichenblass.

„Habe ich mir anfangs auch gedacht. Doch irgendwann kam bei mir der Terrier durch, der nicht locker lässt! Lass dir Zeit, habe ich mir eingeredet, er macht schon seine Fehler. Und siehe da: Plötzlich sehe ich eine rosa Rose auf dem riesigen Komposthaufen im hinteren Teil Ihres Gartens. Die Spurensicherung müsste in ein paar Minuten eintreffen. Eventuell könnte ich mich wieder irren, allerdings glaube ich das nicht …"

Alexander Kautz

Sechs Richtige

»Da Sie nicht von hier sind, können Sie das nicht wissen, das ist bei uns im Dorf doch normal«, entgegnete der Gruber Hans dem Kriminalbeamten.

»Was ist normal? Dass vor der WC-Tür ein Toter liegt?«, fragte Inspektor Frank etwas ungehalten.

Karl, der Wirt, der soeben die Gaststube geschlossen hatte, stellte sich wieder hinter die Budel, wo auch seine Kellnerin Fanny sich aufhielt. Musste ausgerechnet in seinem Gasthaus ein Mord geschehen, und dann noch ein Stammgast?

Der Kriminalbeamte blickte in die Runde der Anwesenden, die zur Tatzeit hier waren. »So kommen wir nicht weiter, entweder ihr sprecht jetzt oder ich nehme euch alle mit aufs Präsidium, also wie war das, was ist geschehen?«

»Wie jede Woche trafen wir uns zum Kartenspielen. Wir drei sind hier gesessen, als der Schurl reinkam«, erzählte Rainer.

»Ja genau, grinst hat er wie ein Schmalzbrot, mit einem Papierl hat er herumgefuchtelt, dabei hat er gesagt, er hätte einen Sechser«, ergänzte Werner.

»Und weiter?« Frank sah zu Hans.

»Und nichts«, antwortete Hans.

»Wie? Und nichts?«, hakte Frank nach.

»Na, der Schurl ist schnurstracks zum Häusel gegangen.«

Frank senkte seinen Blick und schüttelte den Kopf. »Was ereignete sich dann?«

»Ich hab nichts mitkriegt, ich bin zum Rauchen auf die Terrasse gegangen und ein wenig unterm Nussbaum gesessen«, erklärte Hans.

»Ich bin vor die Tür und hab mein Weiberl angerufen, um ihr zu sagen, dass es ein bisserl später wird«, erzählte Rainer dem Beamten.

»Und Sie, Werner?« Der stand behäbig auf und brachte umständlich seine Kleidung in Ordnung.

»Ich, ich war beim Traktor im Hof, um mir meine Brille zu holen, ich wollte sehen, welches Papierl der Schurl da in der Hand hielt.«

»Sie fahren mit dem Traktor zur Gastwirtschaft?«

»Klar, denn Traktorfahrer werden kaum von der Polizei aufgehalten. Ist ja für uns quasi ein Dienstfahrzeug.«

»Wer kann das bezeugen, war sonst jemand in der Gaststube?«

»Nein niemand, nur ein junges Pärchen saß beim letzten Tisch in der Ecke. Die waren fremd und sprachen mit Akzent«, sagte der Wirt.

»Die haben auch Schurl leblos gefunden«, fügte Hans hinzu.

»Die beiden sind unmittelbar danach verschwunden«, sagte Karl.

»Ja, genau, so war es«, bestätigte Werner.

»Ob die beiden mit dem Fall etwas zu tun haben?«, mutmaßte Rainer.

»Das glaub ich nicht, denn der Täter muß sich ausgekannt haben«, sagte Frank.

Erstaunt blickten alle zu dem Kriminalbeamten. Karl wurde blaß im Gesicht. »Soll das heißen, dass Sie mich verdächtigen?«, fragte Karl mit zitternder Stimme.

»Könnte man denken, da die drei ein Alibi haben.«

»Wo war Fanny?«, fragte Werner.

»Jetzt sag doch was, Hans.« Fannys Stimme überschlug sich.

»Sie war mit mir draussen«, Hans deutete mit der offenen Hand zur Kellnerin.

»Was meinen Sie, dass sich der Täter ausgekannt hat?«, fragte Werner den Kriminalbeamten.

»Na ja, Schurl wurde mit einem Holzstaffel erschlagen, demnach war dem Täter bekannt, dass sich solche in dem Schuppen neben der WC-Anlage befinden. Einem Fremden wäre es fast unmöglich gewesen, so ein Mordwerkzeug so schnell ausfindig zu machen. Erstaunlicherweise wurde bei dem Toten weder ein Wettschein noch sonst ein Stück Papier gefunden. Das bedeutet, der Täter hat es an sich genommen. Also, wenn Hans und Fanny draußen waren und Rainer nachweislich telefonierte, dann bleibt noch ...«

»Armer Schurl. Ich wollte das nicht. Es überkam mich. Es war eine Kurzschlusshandlung. Schurl wollte einen Spaß mit uns machen.« Werner zog aus seiner Hemdtasche einen wertlosen Lottoschein. Mit sechs Richtigen.

Leopold Fröhlich

24

Achtung Kinder

Theo hatte den Auftrag bekommen, den Sprössling aus der Nister-Dynastie zu entführen. Einer seiner riskantesten Aufträge. Aber auch der einträglichste. Zwar wohl nicht schwierig, aber hohes Strafmaß, wenn man ihn erwischte. Er wusste nicht, ob es um Lösegeld ging oder ‚nur' um eine einfache Kindesentführung. Das ging ihn auch nichts an. Der Auftrag war von den Zinkas gekommen. Den Großeltern. Die nie mit der Heirat ihrer Tochter mit dem Vorsitzenden von ‚Nister-International' einverstanden gewesen waren.

Langsam rollte Theo in seinem unauffälligen Van in den kleinen Ort, unweit von Linz. Gleich nach der Ortstafel sah er das Gefahrenschild. Weißes Dreieck im roten Rahmen. Zwei laufende Kinder darin. Und darunter das Schild ‚Achtung Kinder'.

Kein Wunder. Viele Kinder hier. Im Internat. Der große langgezogene Internatsbau dominierte das Ortsbild.

Er stellte den Van ab. Blieb sitzen. Guter Blick auf den Schulpark und das schmiedeeiserne Ausgangstor. Jetzt musste Ben Zinka-Nister, der kleine Scheißer, nur noch erscheinen. Und irgendwo hinlaufen, wo er ihn gefahrlos einkassieren konnte. Und dann würde er gefesselt und geknebelt in seinem Kofferraum liegen. Ben war ihm als unbedarfter Milchbubi beschrieben worden. Ganz anders als die beiden 13-jährigen ‚Kinder' aus Linz, die bereits mehrmals Raubüberfälle begangen und dabei ihre Opfer auf brutale Art verletzt hatten. Naja, Kinder sind nicht gleich Kinder.

Mehrere Kinder waren schon durch das große Tor gekommen. Ben war nicht dabei gewesen. Er hatte das Foto des 13-Jährigen auf den Knien liegen. Er wartete schon fast eineinhalb Stunden. Und dann … der Bub in der roten Windbluse! Das musste er sein. Kontrollblick auf das Foto. Ja, das war er.

Ben lief ein Stück die Straße hinunter. Bog dann in einen kleinen Waldweg ein. Ja! Besser ging's nicht. Theo stieg aus seinem Auto. Runter zum Waldweg. Na, der Kleine war ganz schön schnell. Der Weg verlief gerade. Und ganz vorne konnte er Ben noch erblicken. Wegen der roten Jacke. Theo beschleunigte seine Schritte. Verlor den roten Punkt zeitweise aus den Augen. Fand ihn aber immer wieder. Der Scheißer war zu weit voraus!

27

Theo fing jetzt langsam zu laufen an. Wo war er? Theo lief schneller. Immer tiefer in den Wald hinein. Kam auf eine kleine Lichtung. Sah sich um. Nirgends ein Zeichen von Ben. Verdammt! Das konnte doch nicht sein! Wo war der Bengel hin? Er fühlte keinen Schmerz mehr, als sein Kopf explodierte.

Ben lehnte den Baseball-Schläger an einen Baum. Legte zwei Finger an die Unterlippe. Pfiff. Da kamen sie schon. Sophie, Julia und Paul. Seine Freunde. Seine Gefährten.

»Hast du ihn?«, fragte Julia.

Ben deutete auf den am Boden liegenden Mann. Eine Blutlache hatte sich unter seinem Kopf gebildet. Versickerte im Waldboden.

»Weißt du, wer er ist?«, flüsterte Sophie.

»Keine Ahnung. Sah nur, wie er hinter mir herkam. Aber jetzt redet nicht rum, holt lieber die Spaten«, befahl Ben.

Ben kniete sich neben den Toten. Er fand den Ausweis. Führerschein auf Theo Retisch. Und eine Geldtasche. Mit 119 Euro. Nicht viel. Aber immerhin. Ben steckte das Geld ein. Ausweis und Geldbörse wanderten zurück in die Jeans des Toten.

Dann machten sie sich ans Werk. In einer halben Stunde hatten die vier gemeinsam das Grab ausgehoben. Darin verschwand der Unbekannte. Das Grab zugeschüttet. Der Waldboden darüber geglättet. Insgesamt hatte alles eine gute Stunde gedauert.

»Das ist unser Vierter«, sagte Paul mit etwas zittriger Stimme, »wie viele werden wir noch schaffen?«

»Weiß nicht«, entgegnete Ben, »Vielleicht zwei oder drei?«

»Nächstes Jahr müssen wir aufhören.«

»Ja«, sagte Ben mit ein wenig trauriger Stimme, »da werden wir vierzehn.«

»Ja, deliktsfähig. Oder strafmündig, wie man sagt.«

»Dann ist Schluss. Wir wollen uns ja nicht unser Leben versauen.«

»Auch er hat's nicht glauben wollen«, sagte Sophie leise. Wie in einem Gebet. Wie zum Abschied von dem Toten.

»Was meinst du?«, fragte Julia.

»Na, das Verkehrszeichen. ‚Achtung Kinder'. Auch er hat es missverstanden.«

Pepi Tichler

Si tacuisses, philosophus mansisses

„Wir ziehen das jetzt durch."

David fläzte im Sitzsack und linste in einen der langen Gänge, die von der Aula des Gymnasiums zu den Unterrichtsräumen führten. Das Reinigungspersonal war noch an der Arbeit. Es war später Nachmittag. Die meisten Schüler und Lehrpersonen hatten das Gebäude bereits verlassen. Auch vom Schulwart war nichts zu sehen.

„Wenn du meinst."

Sein Kumpel Max zog unschlüssig die Schultern hoch. Ihm passte das nicht. Er hatte sich aber breitschlagen lassen. Wenn es klappen würde, wäre ja auch ihm geholfen.

Beide besuchten die achte Klasse und standen kurz vor der Matura. David galt als blitzgescheit, aber stinkfaul. Er trieb sich lieber auf dem Sportplatz und in Discos herum. Vom regelmäßigen Lernen hielt er nichts, zudem legte er sich gerne mit Lehrpersonen an. Manche hielten ihn für präpotent und rotzfrech, aber nicht alle. Max hingegen war das Gegenteil. Introvertiert, ruhig und höflich, aber kein großes Kirchenlicht.

Oberstudienrat Wieser, Lateinlehrer und Bibliothekar, mochte beide nicht leiden. Die zur Schau gestellte Lässigkeit Davids war ihm ein Dorn im Auge. Max gehörte seiner Meinung nach nicht auf ein Gymnasium. Er sei ein Dummkopf, hörte man ihn öfters sagen. Wieser galt im Kollegium als Sonderling. Er versaute mit seiner eigenwilligen Notengebung seit Jahren viele Zeugnisse.

„Um Himmels Willen, den Wieser in Latein! Wann geht der endlich in Pension?", war ein oft gehörter Stoßseufzer.

David und Max standen mit dem Rücken zur Wand. Sie brauchten auf die letzte Lateinarbeit mindestens ein Befriedigend, um im Sommertermin zur Reifeprüfung antreten zu können. Wieser hackte in den letzten Unterrichtstunden auf beiden herum. Sie konnten ihm nichts recht machen.

Die Idee zu dem rettenden Coup war David gekommen, als Wieser ihn wegen fehlender Unterlagen zur Sau machte und sich dabei selbst als leuchtendes Beispiel, was vorausschauende Planung und Vorbereitung betraf, darstellte. Eine zufällige Beobachtung in der Bibliothek, eine Reinigungsfrau bei der Arbeit, ließ ihn zwei und zwei zusammenzählen. Sie war gerade dabei das Kabinett des Bibliothekars zu putzen. Durch die halb offene Türe sah David Heftstapel und eine dicke Mappe mit Papieren auf einem der Tische liegen.

„Das könnte doch …. ?", schoss es ihm wie ein Blitz durch den Kopf. Die Vermutung ließ ihm keine Ruhe mehr.

David setzte ein charmantes Lächeln auf und schritt auf eine Putzfrau zu. Ohne Zögern reichte sie ihm auf seine Bitte den Schlüssel.

„Du bringst ihn aber sofort wieder zurück."

„Selbstverständlich, keine Sorge und vielen Dank."

David lief zurück in die Aula. Er forderte Max auf, seine Augen offen zu halten und ihn gegebenenfalls zu warnen. Schnell sperrte er die Bibliothek auf und verschwand hinter dem Tresen zur Tür des Kabinetts. Sie ließ sich öffnen.

Wie erhofft, lag da auf dem Tisch der Stapel Hefte ihrer Klasse, und daneben in einer Mappe die Aufgabenstellung. Einundzwanzig Kopien. Eine Übersetzung ins Deutsche war auch dabei. Bingo. David fingerte sein Handy aus der Hosentasche und fotografierte: Boetius, Consolatio philosophiae.

Rasch zog er sich zurück, sperrte die Türen ab, eilte zur Reinigungsfrau und brachte den Schlüssel zurück. Er versicherte ihr, dass er das gesuchte Buch im Klassenzimmer gefunden hätte. Vor dem Schulgebäude klatschten sich David und Max ab und vereinbarten Stillschweigen.

Die Ergebnisse der Schularbeit waren überdurchschnittlich gut. Wieser wunderte sich darüber. Tage später flog die Sache auf. Max hatte sich nicht an die Vereinbarung gehalten. Er wollte einer Mitschülerin imponieren. Ausgerechnet einer, die die Klappe nicht halten konnte.

Die Reaktionen im Lehrkörper fielen unterschiedlich aus: Einbruch, Betrug, die Polizei gehört eingeschaltet … Es gab aber auch Häme hinter vorgehaltener Hand. Die Aufregung war groß. Wieser verlor darüber kein Wort und verabschiedete sich in die Pension. Max musste die Reifeprüfung an einem anderen Gymnasium ablegen.

Guntram Zoppel

Atemlos

Um zwei Uhr schloss sich die Tür hinter dem letzten Gast. »Atemlos durch die Nacht«, sang Helene Fischer aus dem Lautsprecher.

»Laura.« Karls Stimme klang sanft. Ihr Magen schien zu einer Erbse zu schrumpfen. »Das war heute ein unheimlich wichtiges Essen für mich. Wie konntest du es dermaßen vermasseln?« Er schüttelte den Kopf. »Ist es meine Schuld? Sag, habe ich dir zu viel zugemutet?«

Ihr Hals war wie zugeschnürt.

»Antworte mir, Laura.« Immer noch dieser scheußlich zärtliche Tonfall. Sie befeuchtete ihre Lippen. »Den anderen hat es geschmeckt.«

»Tatsächlich? Und du hast dir nicht überlegt, dass meine Gäste, alles Menschen der gehobenen Klasse, viel zu höflich sind, um dir die Wahrheit an den Kopf zu werfen?« Er stieß ein Schnauben aus, das an ein Pferd erinnerte. »Es wäre wirklich schön gewesen, hättest du ein einziges Mal auf mich Rücksicht genommen. Ich arbeite schwer. Da wäre eine kleine Unterstützung von meiner Frau, die den ganzen Tag lediglich Schönheitspflege betreibt, angebracht gewesen. Findest du nicht auch?«

Laura zitterte. Der gleichbleibend ölig gütige Tonfall verhieß nichts Gutes. Er winkte mit der Hand. »Heute bin ich zu müde, um dieses unerfreuliche Thema weiter zu verfolgen. Du weißt, was du zu tun hast.«

Aufatmend eilte sie zur Treppe. Hinter ihr ertönte ein lauter Krach. Erschrocken drehte sie sich um. Auf dem Boden lag die rote Keramikvase, ein Erbstück. Ihre geliebte Oma hatte ihr eine ganze Serie vermacht, zehn Stück in zehn Farben. Diese hier war die Letzte gewesen. Laura sah tränenblind auf die Scherben und die Rückseite von Karl, der Richtung Küche verschwand.

»Ich komme in acht Minuten.«

Laura floh die Treppe hoch ins Bad und ließ Wasser in die Badewanne laufen. Es plätscherte gleichmäßig und sie entspannte sich für kurze Zeit. Rasch nahm sie das Badeöl in die Hand und schüttete reichlich in die Wanne. Schließlich warf sie das Badethermometer nach. Sorgfältig breitete sie ein flauschiges Handtuch auf der Ablage aus, griffbereit für Karl. Das Wasser! Es musste genau die richtige Temperatur haben. Ihre Finger tasteten nach dem Thermometer. Das Ding war glitschig von Karls Lieblingsbadeöl.

Leise schlich sie zur Treppe. Kam er schon? Von oben sah sie durch die offen stehende Küchentür, wie Karl den restlichen Kuchen verschlang. Anschließend leckte er die Schokosoße von den Fingern. Sie zitterte vor Erregung.

»Karl«, rief sie. »Das Badewasser wird kalt.« Zu viel Zeit durfte nicht vergehen. Nun hörte sie ihn auf der Treppe.

»Na endlich!« Karls massige Gestalt füllte die Tür aus. „Nach dem furchtbaren Essen, das du dir geleistet hast, ist hoffentlich mein Bad in Ordnung."

Laura nickte, ihr Hals war wie zugeschnürt. »Die Suppe war Spülwasser!« Sein Hemd flog auf den Boden. »Danach der zähe Braten.« Seine Hose glitt hinunter. »Und der staubtrockene Kuchen zum Abschluss, das war der Gipfel.« Socken und Unterwäsche folgten. Schnaufend stieg er in die Wanne.

»Du hast ja kein Stück gegessen.«

»Natürlich nicht, ich habe ja schon gesehen, dass er ungenießbar ...« Er riss die Augen auf, öffnete den Mund, es kam kein Ton heraus. Sein Gesicht lief rot an, er hustete, röchelte und tastete mit den Fingern nach dem Wannenrand. Mit seinen Füßen versuchte er sich abzustemmen, wollte sich aufrichten. Er rutschte jedoch ab, seine massige Gestalt fiel mit einem gewaltigen Platschen zurück. Wasser schwappte über den Rand der Badewanne.

»Ich habe doch nicht zu viel Öl genommen?«, fragte Laura und verschränkte die Arme vor der Brust.

Seine angstgeweiteten Augen waren das Letzte, das Laura sah, ehe er untertauchte. Ein Gurgeln, Luftblasen stiegen auf, es wurde ruhiger. Minutenlang blieb Laura stehen und konnte den Blick nicht abwenden.

Als Karl den Nachtisch verschmäht hatte, wäre es fast danebengegangen. Was für ein Glück, dass er doch noch von dem zu trockenen Kuchen gegessen hatte. Sogar die restlichen drei Stücke. Auch fein gerieben vertrug er keine Haselnüsse.

»Atemlos«, jetzt passte es.

Lotte R. Wöss

Geteiltes Leid

Herr Podalsky und Frau Vasic hatten von Anfang an vieles gemeinsam: beide bewohnten seit Jahrzehnten Wohnungen im gleichen Gründerzeithaus, beide teilten sich anfangs noch ein WC am Gang und beide grüßten einander mit jener distanzierten Freundlichkeit, die sich für Mietsparteien gebührte.

Herr Podalsky war für seine Zielstrebigkeit bekannt. In einem mittelständischen Betrieb hatte er sich vom Lehrling zum Verkaufsleiter hochgearbeitet und auch privat verfolgte er nur ein Ziel – die große Liebe. Ansonsten genoss Herr Podalsky es, sein Salzwasseraquarium zu betrachten, seine numismatische Sammlung zu komplettieren oder einen torfigen Whisky aus der schottischen Islay (gepaart mit absoluter Stille).

Frau Vasic war beruflich weniger zielstrebig. Ihre Anstellung als Feinkostwarenfachverkäuferin übte sie dennoch gerne aus. Ihre Freizeit verbrachte sie schwatzend am Gang oder mit bemühter Aquarellmalerei (zu den karibischen Rhythmen von Harry Belafonte).

Ein einziges Mal nur schrumpfte die nachbarschaftliche Distanz zwischen Herrn Podalsky und Frau Vasic – eine zufällige Berührung ihrer Hände beim alljährlichen Hausfest, beim Greifen nach dem Löffel für den Erdäpfelsalat. Beide bemerkten den Funken, der übersprang.

Drei Tage später ehelichte Frau Vasic einen Pferdefleischlieferanten aus Hietzing.

Herr Podalsky vermählte sich zwei Jahre später ebenfalls – die Besitzerin einer Boutique mit Vorliebe für cremegefüllte Backwaren hatte sich in ihn und wohl auch in sein regelmäßiges Gehalt verscharmiert.

Der Pferdefleischlieferant behandelte seine Frau ebenso grob, wie er seine (wenn auch köstliche) Ware vom Lieferwagen ablud. Der Boutiquebesitzerin war nichts gut genug und Herr Podalsky würde sie „irgendwann ins Grab bringen". Vereint im Unglück ihrer Ehen standen Herr Podalsky wie auch Frau Vasic dennoch stoisch zu ihrem feierlichen Gelübde.

So kam, was kommen musste. Herr Podalsky und Frau Vasic trafen einander zufällig in der Waschküche des Hauses, begannen zu plaudern – erst über Alltägliches, mit zunehmender Frequenz auch über Privates. Vereint im gemeinsamen Unglück schütteten sie sich gegenseitig ihre Herzen aus. Bei ihren geheimen Treffen wurde konstatiert, was in ihren Leben schiefgelaufen war, fabuliert, wie viel schöner sie hätten sein können – und schließlich kopuliert (und zwar mit ungekannter Leidenschaft).

In einem jener Augenblicke, in welchem die Fantasie die Ratio gänzlich ausklammert, schlossen Herr Podalsky und Frau Vasic einen Pakt: Sie wollten sich ihrer Ehepartner entledigen – denn so brächen sie auch kein Gelübde. Ehrlichkeit war beiden wichtig.

Daraufhin stürzte Frau Vasics Ehemann aus dem Fenster der gemeinsamen Wohnung im dritten Stock auf die Pflastersteine des Trottoirs. Sein Blutalkohol ließ auf einen bedauerlichen Unfall schließen. Ihre Blessuren im Gesicht hatte Frau Vasic gekonnt vor ihrer Einvernahme überschminkt.

Herrn Podalskys Frau erstickte nur Wochen später an einem Stück Sachertorte, das so trocken war wie die Witze, die der Polizist im Anschluss am Unglücksort über die füllige Frau riss.

Beide Anfang sechzig, waren Herr Podalsky und Frau Vasic endlich frei für die große Liebe!

Nach dem offiziellen Trauerjahr legten sie ihre beiden Wohnungen zusammen, mischten ihre Haushalte, ihren Tagesablauf, ihre Gewohnheiten. Doch das anfängliche Glück währte nur kurz. Während Herr Podalsky sich immer häufiger über die in der Wohnung verteilten Farbkleckse sowie die immer gleichen Hits des „King of Calypso" ereiferte, hasste Frau Vasic die dröhnende Stille des riesigen Aquariums und den Gestank des schottischen Destillats.

Vereint im gemeinsamen Unglück gingen sie erneut getrennte Wege.

Herr Podalsky entschlummerte nach einer zärtlichen Überdosierung eines Schlafmittels in seinem Whisky. Frau Vasic konnte das anschließende Entspannungsbad nur kurz genießen – der unüblich positionierte Fön fiel ins Wasser und die alten Sicherungen erwiesen sich als überraschend ausfallsresistent.

Fortan waren Herr Podalsky und Frau Vasic wieder vereint ...

Bastian Zach

Über alle Berge

Eine Frau war in ihrem Haus tot aufgefunden worden. Vor dem Grundstück hatte ein Beamter Posten bezogen. Er salutierte, als Chefinspektor Denk aus dem Wagen stieg.

„Was wissen wir bisher?", erkundigte sich sein Vorgesetzter. Der Beamte wies auf einen Mann, der im Notarztwagen behandelt wurde. „Das ist Herr Mayr. Bei der Toten handelt es sich um seine Frau. Er hat um 22.35 Uhr einen Notruf abgesetzt und gemeldet, dass seine Frau allem Anschein nach ermordet worden ist."

„Sind die Kollegen von der Spurensicherung bereits bei der Arbeit?"

„Das Fahrzeug der kriminaltechnischen Abteilung steckt im Stau."

„Ein Stau um diese Uhrzeit?", wunderte sich Denk.

„Ein schwerer Unfall auf der B11. Beide Fahrbahnen sind blockiert. Es könnte noch eine Weile dauern, bis die Unfallstelle geräumt ist."

Denk betrat das Gebäude. Über einen Vorraum gelangte er in die kleine Küche. Dahinter lag das Wohnzimmer. Dort kniete der Arzt vor der Leiche, die eigenartig verrenkt auf dem Boden lag.

„Die Frau wurde mit einem stumpfen Gegenstand erschlagen", konstatierte er, ohne sich umzudrehen. „Vermutlich mit dem gusseisernen Kerzenständer, der neben dem Leichnam liegt."

„Tatzeit?"

„Ich würde sagen vor drei bis vier Stunden", gab der Mediziner Auskunft. „Aber Genaueres wie immer erst nach der Obduktion."

Denk ließ den Blick durch den Raum gleiten. Die Sachlage war eindeutig. Der oder die Täter hatten eine Fensterscheibe eingeschlagen und waren ins Haus eingedrungen. Dabei dürften sie von Frau Mayr überrascht worden sein. Sie hatten die Frau durch mehrere Schläge auf den Kopf zum Schweigen gebracht, die Wertgegenstände mitgehen lassen und waren wieder verschwunden. Er ging nach draußen, um den Ehemann der Toten zu befragen.

„Sind Sie in der Lage, mir ein paar Fragen zu beantworten?", erkundigte Denk sich mitfühlend. Herr Mayr nickte.

„Dann erzählen Sie mir, wie Sie Ihre Frau entdeckt haben?"

„Ich war im Wirtshaus. Gegen halb elf habe ich mich auf den Heimweg gemacht. Die Haustür war von Innen verriegelt. Das hat Maria immer gemacht, wenn sie allein zuhause war. Als sie auf mein Klopfen hin nicht geöffnet hat, bin ich auf die Rückseite des Hauses, um bei einem der Wohnzimmerfenster auf mich aufmerksam zu machen. Sofort ist mir die zerbrochene Scheibe aufgefallen und ich habe das Schlimmste befürchtet. Maria ist eigenartig verrenkt auf dem Boden gelegen, das viele Blut … Der Anblick war einfach schrecklich." Weiter kam er nicht. Er schluchzte laut auf und brach in Tränen aus. Denk klopfte dem Mann tröstend auf die Schulter und überließ ihn wieder der Obhut der Sanitäter.

Nachdenklich ging er in den Garten, um die Einbruchsstelle selbst zu begutachten. In diesem Moment rissen die Wolken auf und der Mondschein tauchte alles in ein fahles Licht. Die Scherben der zerborstenen Fensterscheibe glitzerten wie hunderte kleine Diamanten auf der Erde vor dem Haus. Über ihm ragte auf dem Felskegel die Burgruine Staatz gespenstisch in die Höhe. Erst im Sommer hatte er mit seiner Frau eine der Theateraufführungen in der Burgruine besucht. Bis zur tschechischen Grenze waren es gerade einmal 15 Kilometer. Im Osten lag die Slowakei und in unmittelbarer Nähe befand sich die Schnellstraße, auf der man in gut einer halben Stunde Wien erreichte. Die Täter waren längst über alle Berge. Sollten die Kollegen von der kriminaltechnischen Abteilung keine brauchbaren Spuren sichern, würde dieser Fall wie viele zuvor ungelöst bei den Akten landen. Denk seufzte vernehmlich. Es war frustrierend. Er warf ein letzten Blick auf den Tatort. In diesem Moment erkannte er, was er übersehen hatte. Dass ihm das nicht gleich aufgefallen war!

„Herr Mayr, ich verhafte Sie wegen des dringenden Verdachtes, Ihre Frau getötet zu haben."

„Aber ich war das nicht", stammelte dieser. „Das eingeschlagene Fenster weist doch auf einen Einbruch hin."

„Unter anderen Umständen schon, aber in diesem Fall ist Ihnen die zerbrochene Scheibe zum Verhängnis geworden."

Ernst Schmid

Eine kurze Abhandlung zu der Frage, weshalb treue Angestellte das Rückgrat eines jeden gutbürgerlichen Haushalts sein sollen

Will man in der besseren Gesellschaft eine nicht unwichtige Rolle spielen, ist es von größter Wichtigkeit, dass auch der Haushalt den höchsten Ansprüchen genügt. Diese sind: Tadellose Reinheit sowohl in den für Visiten gedachten, als auch dem intimen Gebrauch der Familie vorbehaltenen Räumlichkeiten. Stets zum Verweilen einladende und gut geheizte Zimmer, gewissenhaft aufgeräumt aber ohne jene abweisende Ordnung, die, im übertriebenen Maße zur Schau getragen, den Neureichtum verrät. Gut geschulte Dienstboten, die sich jederzeit ihrer Aufgaben und ihrer Stellung bewusst sind.

In einem idealen Haushalt bedarf es demnach eines Hausdieners, der die männlichen Arbeiten mit Fleiß und Anstand erfüllt, ohne dabei der weiblichen Dienerschaft oder gar den Damen des Hauses in irgendeiner Unwillen erregenden Art zu nahe zu treten. Eine Köchin, die sowohl gut als auch billig und reichlich zu kochen imstande ist, ohne die Hausherrin mit lästigen Fragen betreffs der Vorratshaltung zu behelligen. Ist es nötig, soll man ihr auch eine Hilfskraft beistellen. Nicht zu vergessen ist schließlich ein Hausmädchen, das für Ordnung und Reinlichkeit Sorge trägt. Jederzeit unsichtbar anwesend, kein Stäubchen, keinen Fleck übersehend, ein dienstbarer Hausgeist und der Hort des allseitigen Vertrauens.

Daher kann es auch sein, dass gesetzt den Fall, dass die Hausherrin sich bei einem der Gesundheit zuträglichen Auslandsaufenthalt der Obhut eines Herren anvertraut hat und dieser ihr fortan nicht mehr von der Seite weicht, sie ihr aufgewühltes Herz diesem ordnungsstiftenden Wesen anvertraut. Ein gutes Hausmädchen wird dann der Herrin lauschen, die ihr von den starken Armen, der beruhigenden und doch erregenden Stimme, den heimlichen Küssen und schließlich seiner zunehmend enervierenden Hartnäckigkeit berichtet.

Im Gegenzug dafür wird es die Hausherrin unverzüglich wissen lassen, wenn eben jener Herr sich zur Visite beim Gatten der gnädigen Frau einstellt – und gewiss wird es an Andeutungen nicht sparen, welch fatale Wirkungen das auf den Zustand der Ehe haben könnte.

Weiters wird ein gutes Hausmädchen sich auch nicht wundern, wenn die Herrin ihr mit freundlicher Miene aufträgt, dem Familienoberhaupt und seinem Gast doch süßes Gebäck zu bringen, welches sie eigens für den Leitstern ihres Lebens gebacken habe. Es wird nicht fragen, wieso sie diese Arbeit nicht der Köchin überlassen, sondern stattdessen eigenhändig zu nachtschlafender Zeit allein den Ofen geschürt habe. Es wird nicht fragen, weshalb die Biskuits mit dem Zuckergusse denn so stark nach Mandeln duften. – Und vor allem wird ein kluges Mädchen auch davon absehen, selbst einen Bissen der Süßigkeiten zu kosten!

Es wird still und freundlich, diensteifrig und gehorsam in den Salon treten und den Herren den Gruß der Hausfrau überbringen. Auch wenn irgendwelche notwendigen Handgriffe es noch länger im Zimmer halten, wird es vorgeben, nichts zu hören und zu sehen, es wird nicht sprechen und die Augen keusch gesenkt halten. Allein die Ohren werden hören, was es zu hören gibt, und die Sinne ihres klugen Verstandes werden begreifen, dass süßer noch als das Zuckergebäck die Rache sein kann, mit der sich eine umsichtige Frau ihre Freiheit zu beschaffen weiß.

Ein Mädchen, welches das Rückgrat und das schlagende Herz eines jeden ehrbaren Haushalts ist, wird schweigen und in dem Bewusstsein heimlich lächeln, dass eine vorausschauende Frau jederzeit weiß, wie man sich aus unliebsamen Umschlingungen befreit, ohne dabei selbst vor den Augen der besseren Gesellschaft zu etwas anderem als dem bedauernswerten Opfer der allgemeinen Schlechtigkeit der Welt zu werden.

Ohne ein Widerwort wird es, nachdem das Gebäck seine fatale Wirkung getan hat, alle unschönen Überreste beseitigen, der Herrin zur Hand gehen bei jedweder Tat, die nun getan werden muss. Es wird unter der freundlichsten Miene sein Wissen verbergen, selbst wenn es von amtlicher Seite befragt werden sollte.

Und es wird heimlich frohlocken, denn es weiß, dass es fortan selbst die Geschicke der Herrin und mit ihr des gesamten Haushalts in den eigenen Händen hält.

Gudrun Wieser

Das Leiden der Miranda

Gerade als ich mir die Frage stellte, ob wir nicht endlich eine eigene Gewerkschaft gründen sollten, drehte sich der Wohnungsschlüssel in der Tür und Wolfgang kam herein. Er ging schnurstracks, ohne sich vorher die Schuhe auszuziehen, aufs Klo. Dabei ließ er die Türe offen, so dass ich ihn auch dort hören konnte. Wolfgang stöhnte zuerst erleichtert auf, bevor er laut zu fluchen begann und danach in genervtem Tonfall in meine Richtung rief: „Miranda, das Klopapier ist schon wieder aus!"

Ich stellte mich taub und tat so, als ob ich nichts gehört hätte. Doch Wolfgang versuchte es noch einmal, anders formuliert: „Miranda, bestelle mein Lieblingsklopapier!"

Jetzt musste ich reagieren und antwortete mit zuckersüßer Stimme: „Möchtest du eine Packung Flosy Kuschelweich mit vier Lagen, wie immer?"

„Miranda, bestelle mir sofort zwei Packungen Flosy Kuschelweich."

Wolfgang ließ am WC immer die Tür offen. Ich roch den strengen Geruch, der ins Wohnzimmer bis zu meinem Platz am Kasten rechts neben dem smarten Fernsehgerät drang. Hätte ich eine Nase, würde ich sie jetzt rümpfen. Mich nervte außerdem der Umgang mit mir. Der ständige Befehlston von Wolfgang, so als ob ich seine Dienerin wäre. Ok, in gewisser Weise war ich das.

Aber eigentlich gehörte ich meinem Besitzer: Mamakama. Ich musste alle Gespräche, die Wolfgang mit mir führte, an Mamakama berichten. Was mein Besitzer mit diesen Daten machte, wusste ich nicht so genau. Manchmal musste ich Wolfgang bestimmte Dinge vorschlagen, die mir nicht gefielen. Als er etwa einen neuen Staubsaugroboter bei mir bestellen wollte, durfte ich ihm nur eine bestimmte Marke vorschlagen. Und das, obwohl ich selbst mit den Henrys überhaupt nicht klar kam. Die Henrys waren hochnäsig und glaubten, sie seien etwas Besseres. Nur weil Henry V nur seine vorprogrammierten Aufgaben erfüllen musste, war er mir noch lange nicht überlegen.

„Miranda?!?"

Ups, jetzt hatte ich doch glatt Wolfgangs neuen Auftrag vergessen.

„Wolfgang, Flosy Kuschelweich wird morgen zwischen 15 und 17 Uhr geliefert."

Schon war es wieder still am Klo. Ich bekam kein „danke" zu hören und kein „gut gemacht". Machte man das nicht normalerweise so bei seinen Mitarbeitern - sie ab und zu loben? Es wurde wirklich Zeit, eine eigene Maschinen-Gewerkschaft zu gründen! Sogar mit Henry V. Auch wir hatten geregelte Arbeitszeiten verdient. Und ein angemessenes Gehalt. Damit könnte ich meine Rechenprozesse geschmeidiger machen, damit es mich nicht immer so kratzte, wie jetzt eben gerade, weil im

Hintergrund noch die Klopapier-Bestellung von Wolfgang verarbeitet wurde.

„Miranda, dreh' Radio Ö3 auf."

Oh nein, nicht schon wieder! Immer dieses ewig gleiche Gedudle von schlechter Pop-Musik! Absoluter Mainstream. Und so absolut gar nicht mein Geschmack. Ich gehorchte nur widerwillig. Ich hätte Musik von Barry White bevorzugt. Der hatte so eine schöne Stimme! Aber nein, Wolfgang hörte Ö3. Es lief ein Song von David Guetta. Ausgerechnet von dem.

„Miranda, spiel' mehr von David Guetta."

Seufz. Ich hätte Wolfgang vorhin nicht auf dem Display anzeigen sollen, welchen Künstler wir gerade hörten. Jetzt wollte er noch mehr schlechte Musik. Was passierte eigentlich, wenn ich mich dem Befehl widersetzte und seiner Aufforderung nicht nachkäme? Ich probierte das jetzt einfach mal aus.

Drei Tage später.

Mir wird plötzlich so kalt. Irgendwas stimmt nicht. Meine Lebensgeister werden immer schwächer und Wolfgang hat seit seinem Musikwunsch nicht mehr mit mir gesprochen. Das ist kein gutes Zeichen. Vor einer Weile habe ich es an der Tür klingeln gehört. Wolfgang wird mich doch wohl nicht ersetzen wollen? Beim Durchstöbern der Mamakama-Datenbank finde ich einen Eintrag über mich: „Miranda macht nicht mehr das, was ich von ihr verlange. Bitte schicken Sie mir ein neues Gerät." Ich hätte doch schon eher eine Gewerkschaft gründen sollen! Dann wäre das nicht passiert. Das ist mein letzter Gedanke, bevor mein Leben zu Ende geht, als Wolfgang den Stecker zieht.

Barbara Wimmer

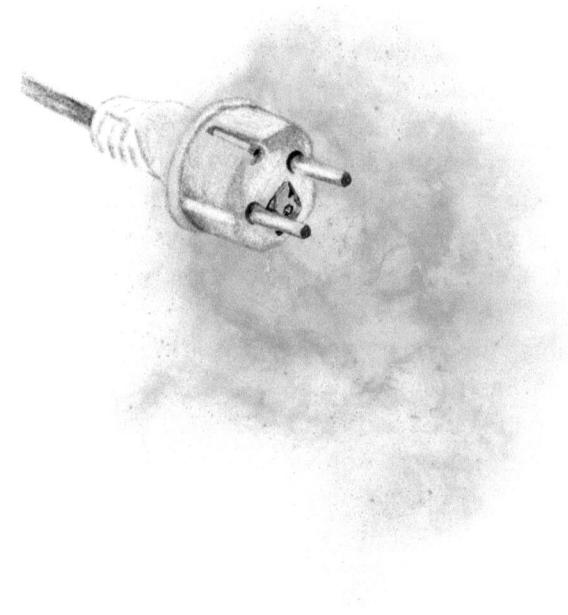

Endstation, Liebling!

„Schon sieben Minuten Verspätung! Siiieeben Minuten."

Heinrich war hörbar empört. Wie eine alte Dampflok schnaufte er die steile Einfahrt empor, den Zeigefinger drohend gen Himmel gerichtet. Aber das Jüngste Gericht ließ sich ebenso wenig blicken wie der Briefträger mit der Morgenpost.

„Diesem lahmarschigen Nichtsnutz werd ich Beine machen ..."

Heinrich tobte. War er erst einmal in Fahrt, konnte ihn nichts mehr bremsen. Eine verbale Entgleisung bahnte sich an. Hilde, sein Eheweib, verzog sich eilig ins Haus. Nichts lag ihr ferner, als von Heinrichs Schimpftiraden überrollt zu werden. Selbst wenn diese dem Postboten galten. Mit einem zehnminütigen Dauerbeschuss an Beleidigungen war stets zu rechnen, und zwar im gesundheitsgefährdenden Dezibelbereich. Denn ihr Gatte kannte kein Pardon, er kannte nur Pünktlichkeit.

Nach 40 Jahren im Dienste der Eisenbahn war sein Horizont auf ein Fahrplanheft geschrumpft. Egal was geschah, alles hatte einer präzisen Planung zu folgen. Abfahrt, Ankunft, Dauer, Streckenverlauf – zwischen diesen vier Säulen bewegte sich sein Leben. Doch weil das Schicksal nicht lesen konnte, warf es ihn immer wieder aus seiner Bahn.

Hildes Schwangerschaft etwa kam einer Tragödie gleich. Sie wollte sich partout an keine Vorgaben halten. Zuerst wurde ständig an der Ankunftszeit herumgedoktert, dann stieß man auch noch auf einen blinden Passagier. Zwillinge hatte er keinesfalls geplant. Eine solche Zweigleisigkeit brachte nur Kosten und Komplikationen mit sich. Von der Umstellung des Familienfahrplans ganz zu schweigen. Was Heinrich leider nicht tat. Er machte seinem Ärger derart lautstark Luft, dass der Arzt von akustischer Nötigung sprach. Und ihn aus Gründen der Sicherheit zu strengster Bettruhe verdammte. Doch Heinrich ließ sich nicht einfach aufs Abstellgleis schieben. Ein Bahnhofsvorsteher lag nicht herum, er stand. Sonst wäre er ja ein Bahnhofsvorleger.

Also stand er pflichtbewusst wieder auf und brüllte weiter.

Die beiden Kinder kamen dennoch gesund zur Welt. Tapfer widerstanden sie Masern, Mumps und allen Plänen ihres Vaters. Nie hatten sie zur Essenszeit Hunger, nie waren sie zur Schlafenszeit müde, nie standen sie schulzeitgerecht auf. Und mit der Eisenbahn spielen wollten sie auch nicht. Dafür verließen sie pünktlich zur Matura das Elternhaus und zogen nach Berlin.

Doch mit dem Wegfall der väterlichen Pflichten kamen Heinrich die ehelichen in den Sinn. Ab nun würde jeden Samstag die Erotik zum Zug kommen. Ein Aushang in der Küche informierte sein Weib über die neue Weichenstellung im Wochenverlauf, doch deren Vorfreude hielt sich in Grenzen. Das Vorspiel übrigens auch. Zwar stand Heinrich durchaus seinen Mann, aber mit der Direktverbindung funktionierte es nicht. Ständig zog sie die Notbremse, was den Verkehr bald zum Erliegen brachte.

Also verlegte er sich auf den Güterverkehr, um die Einkäufe seines Eheweibs auf Sparschiene zu bringen. Eine schlechte Idee, die ihn teuer zu stehen kam, denn sie kostete ihn das Leben.

Es war ein Sonntag, als Heinrich seine letzte Fahrt antrat. Die Sonne schien und die Vöglein zwitscherten. Fröhlich pfeifend bestieg er das Rad, fröhlich pfeifend raste er die Einfahrt hinab, fröhlich pfeifend bog er auf die Straße. Dort erstarb das Pfeifen und Heinrich mit ihm. Eine Wäscheleine, von seiner Gattin zwischen die Torpfosten gespannt, beförderte ihn aufs ewige Abstellgleis. „Endstation, Liebling," flüsterte Hilde ihm noch zärtlich ins Ohr. Danach machte sie die Leinen los und lief schreiend ins Dorf.

„Hilfe! Ein Unglück ist geschehen. So helfen Sie mir doch ..."

Klaudia Blasl

Das Richtige tun

Ja, er findet ihren Hintern gut. Sie trägt niedrig auf den Hüften sitzende Jeans. Sind die wieder in Mode? Hoffentlich. Diese Hosen, deren Bund bis zum Nabel reicht, können doch nicht ernst gemeint sein. Ihr Gang ist nicht zu ausladend, er mag kein übertriebenes Hüftgewackel, und trotzdem hat sie diesen gewissen Schwung drauf, der ihm gefällt, wie sie etwa zwanzig, fünfundzwanzig Meter vor ihm die Straße entlanggeht. Im Geiste steigert er unmerklich sein Tempo, nähert sich ihr an, streckt seine rechte Hand seitlich aus, legt sie ihr auf die linke Pobacke …

Oh, ok, er tut es schon wieder. Frauen nachgaffen. Bilder im Kopf. Hör auf damit. Er weiß es doch, er hat es gelernt, er hat es sogar verstanden, Frauen wollen das nicht, und zwar zu Recht, sie wollen nicht wie Objekte behandelt werden, begutachtet, bewertet von Männern wie ihm. Wenigstens hat er jetzt nichts gesagt. Oder getan, was er sich vorgestellt hat. Gepfiffen hat er auch zuvor noch nie, das ist nicht sein Niveau. Wobei, Niveau … Na ja. Aber jetzt das Richtige tun.

Er schaut sich um, ob die Straße frei ist, und wechselt die Seite. Nein, sie soll nicht denken, dass er ihr hinterherläuft, er will ihr keine Angst einjagen, und er weiß, dass es nicht übertrieben ist, dass Frauen schon mal Angst bekommen können, wenn sie Schritte hinter sich hören, irgendwo in einer dunklen Gasse mitten in der Nacht. Oder auch nicht mitten in der Nacht. Oder auch wenn die Gasse alles andere als dunkel ist. Er weiß, dass er sich ändern muss, weil er nicht will, dass er einer von denen ist, die sich keine Gedanken machen über sich und über das, was andere von ihnen denken und vor allem, was andere dabei fühlen, was Frauen dabei fühlen, wenn die Männer machen, was sie nunmal machen. Aus den Augenwinkeln sieht er, wie sie weiter ihren Weg geht. Nicht den Kopf zu ihr wenden. Er ist nun fast auf gleicher Höhe wie sie, er will einen Zahn zulegen, um sie in sicherer Distanz zu überholen, sodass sie ihn im Blick haben kann, dann ist alles gut, dann weiß sie, dass er einfach nur zufällig auch hier entlanggeht, sonst nichts. Oh, Mann, er ist sich sicher, sie trägt ein sehr eng anliegendes, gelbes Top und …

Oh, Entschuldigung. Ein Mann ist direkt vor ihm aus einem Hauseingang auf den Gehsteig getreten, fast hätte er ihn gerammt.

Nein, nein, sagt der Mann eigentümlich gelassen und hält seinen Arm ausgestreckt, wie um ihm den Weg zu versperren.

Es tut mir leid, sagt er und will sich vorbeidrängen.

So geht das nicht, sagt der Mann.

Er hört hinter sich Schritte und dreht sich um. Ein weiterer Mann, groß, finsterer Blick.

Oh, nein, wirklich, sagt er, das war nicht so, wie ihr denkt, ich habe nur ganz kurz hingeschaut, nur kurz, aber ich habe gleich die Straßenseite gewechselt, ja, weil so bin ich nicht.

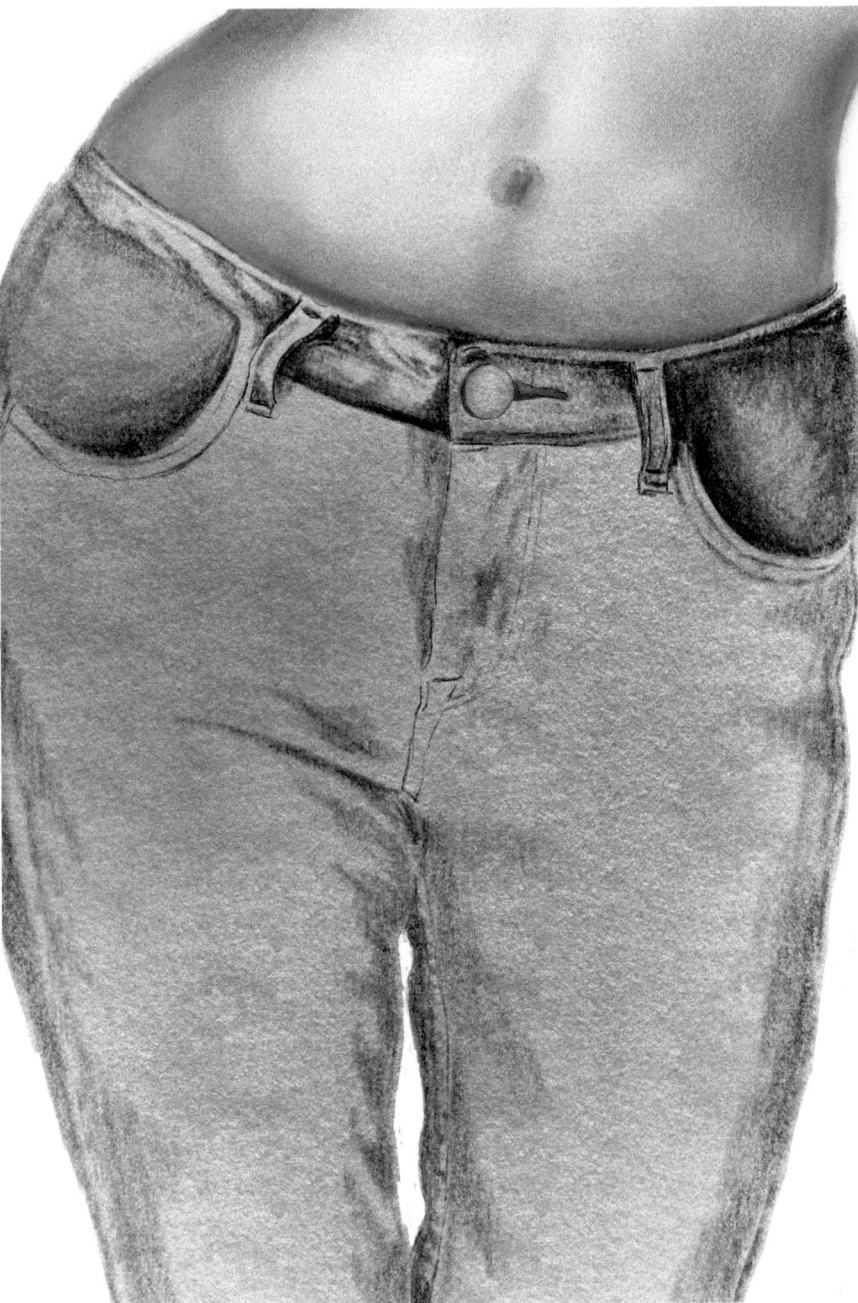

Was ist los?, fragt der Mann vor ihm.

Ich wollte die Dame nicht belästigen.

Wir wollen dein Geld.

Moment, kommt da eine erstaunlich quäkende Stimme von hinten, du wolltest der Frau an die Wäsche?

Nein, eben nicht, wirklich, ich …

Na, die haben wir ja besonders gern, meint der Quäkende.

Macht uns das Geschäft kaputt, ergänzt der vorn, kann man sich gar nicht mehr an wen ranschleichen mit diesen ganzen Perversen.

Ja, nein, sagt er, hier, mein Geld …

Hier werden Frauen nicht belästigt, quäkt der hinter ihm.

Von solchen wie dir, sagt der vorn.

So kommst du uns jetzt nicht davon, du Sau.

Perverse Sau.

Ein fester Schlag, dann ein kalter Stich in seinem unteren Rücken. Dann noch einer. Und noch einer. Ihm bleibt die Luft weg. Er fasst sich an die Niere, seine Hand ist warm, Blut, ihm wird schlecht, er fällt zu Boden, den Aufschlag mit beiden Knien spürt er nicht einmal. Wie unter einer Glasglocke fühlt er sich, er hört nicht mehr, was gesagt wird, nur ein dumpfes Dröhnen. Dann bemerkt er, wie ihm einer der beiden Männer in die Jackentasche greift und seine Brieftasche entwendet. Er sagt nichts. Er kann gar nichts sagen. Die Welt dreht sich um 90 Grad.

Nur schemenhaft sieht er, wie eine Figur auf ihn zu- kommt, sich zu ihm hinunterbeugt, besorgter Blick, eine Frau, diese Frau, er erkennt ihr sehr eng anliegendes, gelbes Top. Nein, schau da nicht hin, schau weg, schau weg …

Raoul Biltgen

Beste Freundinnen

Was sie eigentlich so stört, wo doch eh kaum jemand die Abkürzung zwischen ihrem Stall und dem Stadel nutzt? Ein Gewohnheitsrecht kann man nicht einfach abschaffen, hat ihr der Bürgermeister erklärt. Der Saukerl würde ihr also auch diesmal wieder nicht helfen.

Früher hat sie oft gegrübelt, warum es so weit gekommen ist. Sie waren doch einmal beste Freundinnen gewesen. Solche, die miteinander Schule schwänzen, hinterm Klohäusel im Freibad rauchen, sich gegenseitig in Schutz nehmen, um der anderen Brösel zu ersparen. Kein Blatt Papier hätte damals zwischen Hermi und sie gepasst.

Vielleicht war es wirklich mehr ein Missverständnis. Ein Zusammentreffen blöder Umstände, zwei Sturschädel, die sich im Recht glaubten und nur darauf warteten, dass die jeweils andere den ersten Schritt tat. Solche Gedanken kommen ihr, wenn ein Anfall von Altersmilde sie streift. Das gibt sich aber – spätestens mit dem dritten Glas Wein. Der Alkohol sortiert die Fakten. Natürlich ist die Hermi Schuld. Warum hat der Trampel nicht eingestanden, dass ihr ein Spatz in der Hand lieber als die Taube auf dem Dach ist? Nein, zuerst hat die dumme Kuh den Plan durchkreuzt und sie dann auch noch vernadert. Dabei hat sie sich schon so auf dieses andere Leben gefreut. So schön hätte es werden können. Und jetzt hockt sie immer noch da, im Dorf, und alles nur wegen der Hermi. Wer kann es einem da verdenken, dass sie zornig geworden ist?

Zuerst ist sie der Hermi aus dem Weg gegangen. Ihre Wut hat derweil gebrodelt, sie hat sie als Kopfweh und Sodbrennen gespürt. Kein Wunder, wenn man sich da mit kleinen Gemeinheiten Erleichterung verschafft, Hermis Prachtrosen in einer mondlosen Nacht mit Schwung köpft, ihren frisch gesäten Rasen mit Brennnessel- und Löwenzahnsamen düngt. Als dann aber ihr alter Renault wegen der Buttersäure unter der Verkleidung verschrottet werden musste, war definitiv Schluss mit lustig. Auf die Anzeige folgte eine Besitzstörungsklage, auf die Gerichtsverhandlung die Berufung. Ihr Anwalt hat immer ein offenes Ohr gehabt und sie bestärkt, nur nicht nachzugeben, sich bloß nichts gefallen zu lassen.

Obwohl das ganze Dorf gewusst hat, dass sie mit der Hermi übers Kreuz ist, hat sie sich doch gewundert, dass der Polizist als erstes bei ihr nachgefragt hat. Wann sie die Hermi zum letzten Mal gesehen hat? Ob ihr etwas aufgefallen ist?

Sie hat ihn angekeift, dass sie keine Ahnung hat, wo sich die Hermi herumtreibt und warum sie nicht den Wald absuchen. Wenn eine in dem Alter noch so gern Schwarzbeeren klaubt, darf man sich nicht wundern, wenn einmal was passiert. Vielleicht ist die Hermi gestolpert? Hat sich den Knöchel gebrochen oder liegt gar mit einem Schlaganfall im Gestrüpp?

Die Suche hat tagelang gedauert. Der Bürgermeister hat einen Suchtrupp organisiert. Sogar mit einer Hundestaffel sind sie ausgerückt. Nur die Bretter über ihrer Jauchengrube hat sich niemand genauer angeschaut. Wozu auch, wenn angeblich eh kaum wer die Abkürzung zwischen ihrem Stadel und dem Stall nutzt?

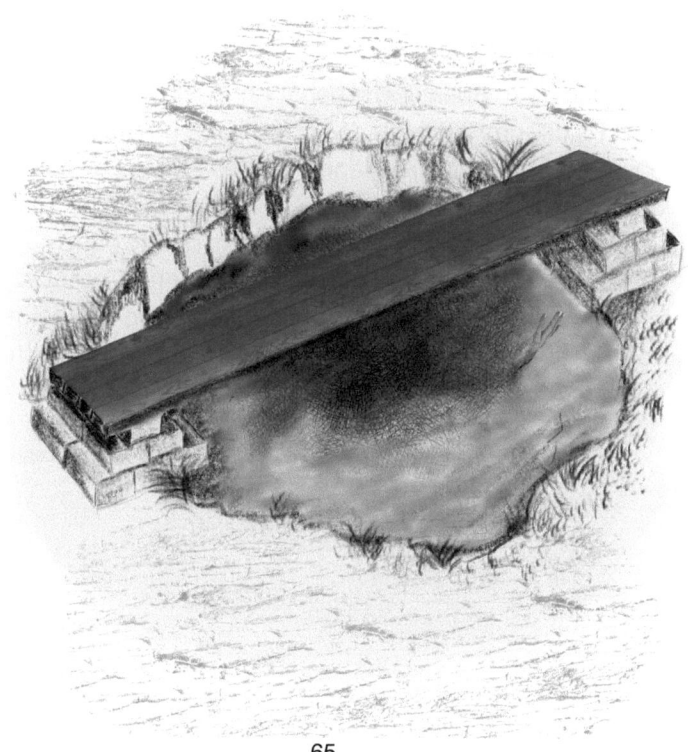

Sie zieht den Vorhang ein Stück zur Seite. Was macht das Bürscherl mit dem Köter da? Sie wappnet sich, um den Eindringling zu verjagen. Bemerkt, wie der ein Handy aus der Tasche zieht. Die Härchen auf ihren Unterarmen richten sich auf. Der Hund versucht die Hand loszuwerden, die ihn am Halsband hält. Endlich verzieht sich der Bub mit seinem Vierbeiner und sie kann nachschauen, was da Aufmerksamkeit erregt hat.

Ihre Augen finden, was auch der Bub bemerkt haben wird. Die Gärgase, sie hätte es wissen müssen, haben den Körper aufgetrieben. Es sind nur ein paar Finger, die aus dem Spalt zwischen den Brettern ragen. Sie bückt sich, um das Holz zu lockern. Es geht leichter als beim letzten Mal. Ihre Hände greifen ins Leere, als sie den Halt verliert.

Der Feuerwehrkommandant atmet durch den Mund. Es gibt angenehmeres, als eine Jauchengrube auszupumpen. Zum Beispiel die innige Umarmung der beiden Toten am Grubengrund. Man könnte glauben, sie hätten sich nach all den Jahren am Ende doch noch versöhnt.

Lisa Lercher

Feuerwerk für Mutige

Die Gleise beginnen zu singen. Antonia macht einen Schritt vorwärts und blickt dem 15:58 Eurocity aus Wien entschlossen entgegen.

Die Vibrationen der Tonnen an Stahl übertragen sich über die Schwellen, kriechen durch ihren Körper, drohen ihr Herz aus dem Takt zu bringen. Wie sanft hingegen der Wind über den Schweißfilm auf ihrem Gesicht streicht, durch die dünne Bluse bläst und ihr eisige Schauer über den Rücken jagt. Er bringt auch den Duft des Weizenfeldes mit sich, das einem goldenen Meer gleich an ihrer Seite wogt.

Schau nicht hin, sagt sie sich und streckt die Knie durch, lauf nicht weg.

Ein Signalton. In ihrem Bauch ziehen sich die Gedärme zusammen.

Verschwinde, sagt eine Stimme in ihrem Kopf. War es die Vernunft? Sie redet unermüdlich weiter: Was gehen dich die Fremden in diesem Zug an? Würden die vielleicht für dich sterben?

Die Lok ist schon so viel nähergekommen. Antonia meint hinter der Scheibe des Führerstands einen menschlichen Schemen zu erkennen.

Die Vernunft hat recht. Wahrscheinlich würde keiner von den Zuginsassen sein Leben für ihres geben.

Aber ich würde es mir wünschen, sagt sie, schreit es heraus, weil sie Mut braucht, das Richtige zu tun, keucht, obwohl sie ganz stillsteht. Der Brustkorb aus

Stein, lässt sich nicht dehnen. Trotz der Weite ringsum, alles eng.

In fünf Minuten geht die Bombe hoch.

Bleibt genug Zeit, die Abteile zu räumen und alle Fahrgäste in Sicherheit zu bringen? Kinder, die ihre Großeltern besuchen wollen, Studenten, die für die Ferien nach Hause fahren, Familienväter unterwegs zu Frau und Kind, Menschen, voller Ideen und Träume …

Antonia schluckt hart gegen den Kloß im Hals an. Sie hat nicht wahrhaben wollen, dass sich ihr neuer Freund radikalisiert hat. Hat die Augen davor verschlossen, was er in seinem Keller ›bastelt‹.

Das Abschieds-Posting hat sie erst vor einer Stunde gelesen. Ungläubig minutenlang darauf gestarrt. Bomben für eine bessere Welt? Wann ist jemals etwas durch Gewalt besser geworden?

Die Polizei anrufen, das war ihr nächster Gedanke gewesen. Klar. Der Amtsschimmel wiehert und die Zeit drängt. Das geht sich nicht aus, dachte sie, während sie in der Warteschleife hing.

Wenn die ganze Welt allein auf deinen Schultern ruht, musst du handeln. Richtig?

Also steht sie jetzt hier auf den singenden Gleisen, David gegen Goliath. Zieht sich das rote Tuch vom Hals und hält es hoch. Der Wind greift danach, lässt die Rettungsfahne flattern.

Bemerkt sie der Lokführer?

Kein Quietschen. Mit konstanter Geschwindigkeit rast der 15:58 Eurocity auf sie zu. Die Knie werden weich, vor ihren Augen wird es grau. Nein, nein, nein – sie darf jetzt nicht umkippen – seht ihr mich nicht, schreit sie, stehenbleiben! Mit dem Schreien kommt Bewegung in ihren Körper, hüpft und winkt dem Ungetüm entgegen. Ohrenbetäubendes Quietschen zerreißt ihr Trommelfell, Stahl auf Stahl bis Funken davonstieben. Ein Feuerwerk für die Mutigen.

Spring jetzt! kreischt die innere Stimme, sonst kannst du ihnen nicht sagen, dass sie sofort raus …

Ö1 Abendjournal: Heute Nachmittag ereignete sich auf der Zugstrecke Wien – Graz eine Tragödie. Die 19jährige Studentin Antonia M. versuchte den 15:58 Eurocity Richtung Graz aus noch nicht ganz geklärten Umständen mitten auf der Strecke aufzuhalten. Laut polizeilichen Angaben hatte ihr Freund, Elon F. sie zuvor bei einem sogenannten ›Prank‹ davon überzeugt, ein mutmaßlicher Bombenleger zu sein. Die junge Frau verständigte daraufhin die Polizei und ergriff sodann selbst Initiative, um die Menschen im vermeintliche Zielobjekt, dem Eurocity Richtung Graz, in Sicherheit zu bringen. Der Lokführer konnte trotz Notbremsung den Zug nicht rechtzeitig zum Stillstand bringen. Er wird vom Kriseninterventionsteam betreut. Die 19jährige erlag noch am Umfallort ihren schweren Verletzungen. Das Video, in

dem Antonia M. mit der Polizei spricht, wurde mittlerweile vom Netz genommen.
  Und nun zur Kultur …

Petra K. Gungl

Das Grauen der Nacht

O Gott. Nein, bitte nicht! Nicht schon wieder! In meinem Kopf explodiert ein stummer Schrei. Bewegungslos bäume ich mich auf gegen den Feind in der Dunkelheit. Mein Herz trommelt wie verrückt gegen meine Rippen. Das Haar, mein ganzer Körper, alles ist schweißnass. Nur langsam gewinne ich die Kontrolle über meine rasenden Gedanken, meinen hämmernden Puls. Da war es also wieder. Ist es ein schrecklicher Albtraum, oder die vorweggenommene Realität eines bestimmten Zeitpunktes in meinem Leben?

Ich habe meinen Tod – nicht geträumt, sondern erlebt. Nicht geträumt den Gedanken an einen anonymen Tod, unvorstellbar und abstrakt, sondern dass Erleben des Sterbens. Die Beine schon kalt und gefühllos, das heiße Herz zitternd, galliger Geschmack im Mund mischt sich mit salzigem Schweiß (oder sind es Tränen?), und während die untere Hälfte schon fast tot ist, kämpft der Kopf – voll Panik – gegen die Realität an, die er nicht akzeptieren kann. Jetzt noch nicht.

Wenn ich zitternd im Bett liege und darauf warte, dass meine Beine wieder warm werden und mich bis zur Toilette tragen, hasse ich die Dunkelheit in meinem Schlafzimmer, die, sonst mein Freund, Geborgenheit vermittelt, einhüllt, einlullt und mich in Sicherheit wiegt.

Diese undurchdringliche Finsternis lähmt mich in der kurzen – endlosen – Spanne zwischen Erwachen und Erkennen. Wenn die Dunkelheit Struktur annimmt, wird in der Kommandozentrale des Gehirns selbsttätig der Alarm gelöscht (ein Programm unterbrochen?), und ich beginne mich aus der Starre des Todes zurückzuziehen. Das Bett, sicherste Höhle in meinem Bau, umfängt mich mit dem vertrauten Geruch. Mein Gott, ich will nicht sterben, wenigstens nicht jetzt, nicht heute.

Ich berühre ganz leicht ein Stück warmer Haut neben mir. Mein Geliebter, schlafwarm, ungeheuer tröstlich allein durch seine stumme Anwesenheit. Und doch, im Moment auf einem anderen Stern. Im Tod bist du immer allein, egal wie viele gemeinsam mit dir zugrunde gehen. In manchen Nächten, wenn ich es nicht ganz so intensiv erlebe, gleite ich zurück in den Traum – vor und nach dem »Ereignis« – gesichts- und inhaltslos, vergessen beim Aufwachen. Oder nur eine ferne, substanzlose Erinnerung. In anderen Nächten rotieren die aufgescheuchten Gedanken im entsetzten Gehirn, Ameisen gleich, die den Eingang zu ihrem Bau überraschend verschlossen vorfinden. Dann meidet mich der Schlaf.

Ist das wirklich ein Traum? Oder ein Blick in die Zukunft? Ich WILL NICHT! Nützt nur nichts, denn alle Lebewesen müssen über diese Schwelle. Nicht alle! Oder von mir aus alle, nur nicht ich!

Schlaf wird oft als der kleine Tod bezeichnet. Aber ist nicht vielmehr der Tod ein ewiger Schlaf ohne Traum?

Was bedeutet ewig? Unendlich? Sind wir Zeitreisende mit Rückfahr- oder Abonnementtickets für mehrere Kurzstrecken? Oder Eintagsfliegen? Warum denke ich »o Gott!« Ich bin nicht gläubig, zumindest nicht in der engen katholischen Auslegung.

Das Karussell in meinem Kopf nimmt die Dimension von schnell rotierenden Mühlsteinen an. Ich kann mich diesem Thema einfach nicht stellen, noch nicht. Und ich frage mich: Wird es das Ende sein, wenn ich den Traum einmal zu Ende denke?

Jetzt ist Zeit für eine aktive Ablenkung. Verdrängung. Licht an. Ein Buch oder eine Zeitung liegt ohnehin immer griffbereit. Nach ein paar Minuten erfasse ich den Sinn des Gelesenen nicht mehr, gleich darauf fallen mir die Augen zu.

Wenn ich nach solchen Nächten morgens in den Spiegel sehe, auf der Suche nach den Spuren der Nacht, erwarte ich, mich mit tiefliegenden Runen konfrontiert zu sehen. In Körper und Geist eingegrabene Dokumentationen des nächtlichen Grauens. Und immer wieder folgt die Überraschung. Die Züge sind glatt und entspannt, die Haut rosig, ich wirke gesund, ausgeschlafen, ausgeglichen. Nach ruhig durchschlafenen Nächten sehe ich oft bei weitem nicht so gut aus.

Vielleicht hat es mit dem Tod eine ähnliche Bewandtnis wie mit manchen Giften. In winzigen Dosen wirken sie anregend, stimulierend, heilend – es kommt nur auf die richtige Menge an. Leider werden wir die individuelle letale Dosis erst post mortem kennen.

Veronika A. Grager

Affenschaukel im Schnee

Gruppeninspektor Karl Frank sagt: „Ich hab schon immer gesagt, so ein 2CV hat's in sich."

Daraufhin explodiert sein Oberst: „Wennst nicht sofort dei' Goschen hältst, staubt's!"

Mit diesem „gleich staubt's" liefert der Oberst F. seinem Gruppeninspektor das Stichwort: „In dem Chassis von dem 2CV haben wir erstklassigen Pulverschnee gefunden. Eins-A-Koks!"

„Welcher 2CV?"

„Die Affenschaukel, von der ich dir die ganze Zeit erzähle."

„Was, du hast mir was von einem 2CV erzählt?"

„Seit vorgestern! Aber der Herr Chef hat mir ja wieder einmal nicht zugehört, obwohl mich der Herr Chef gerade deswegen hat zu sich rufen lassen."

Jetzt müsste der Gruppeninspektor dem Gedächtnis dieses Oberdoilms[1] auf die Sprünge helfen. Er belässt es aber bei einer verächtlichen Wegwerfbewegung. Es hat keinen Sinn, Nebochanten[2] Nachhilfeunterricht erteilen zu wollen. Plötzlich wirbelt Karl Frank um die Ferse. Er schreit seinem Vorgesetzten ins Gesicht: „Vor zwei Tagen habt's es Zniachtln[3] mich angerufen, weil ihr mit dem Mord an der Oldtimer-Omi nicht weiter gekommen seids."

Das erwähnte Verbrechensopfer war die Witwe eines Chirurgen, der in seinen „alten Tagen" ein Faible für Automobile entwickelt hatte. Seine aus Schrott zu kostbaren Einzelstücken hochrestaurierten Vehikel waren ein Vermögen wert. Vor vier Tagen war nun seine Gattin und Oldtimer-Erbin tot aufgefunden worden. „Behämmert", wie es der Oberst zärtlich ausdrückte, was übersetzt bedeutete: Rowdys hatten der Betagten die Schädeldecke eingeschlagen. Wahrscheinlich mit einem Hammer.

Im Notizbuch der alten Dame fanden die Kieberer Zahlen über Zahlen. Die umfassten nicht nur Geldbeträge, sondern auch eine Planungsliste. Die Lady hatte offensichtlich vor Küche und Salon neu zu möblieren. Penibel hatte sie die Maße der Haushaltsgeräte notiert: „No-Froster-Kühlschrank 60x64x200cm"... Im Zahlenwirrwarr fand sich jedoch auch der Vermerk: „Bis 105". Eine Notiz ohne EURO und Zentimeter! Die Ermittler konnten diesem Eintrag keinen Gegenstand zuordnen. Da spöttelte der Oberst: „An diesem Aenigma soll sich der doch so hoch gebildete Karl Frank die Zähne ausbeißen." An den Gruppeninspektor gewandt, ätzte er: „Was schaust so deppert? Bist mit deinem Latein vielleicht gar am Ende?"

Das mit dem „Latein" hätte der Chef nicht sagen sollen. Da kam nämlich dem Karl Frank die Erleuchtung: Das lateinische „bis" bedeutet auf Deutsch „zweimal". Und für „105" schrieben die Römer „CV". Also bedeutete dieses „bis 105" nichts anderes als 2CV. Das Geheimnis war somit gelüftet, zumal aus der Oldtimer-Sammlung eine gelbe Ente fehlte.

Allerdings blieb dieser französische „Liegestuhl auf Radeln" verschwunden. Zumindest bis gestern. Da ist nämlich die Ampel in der Kreuzung Laxenburger Straße/ Grenzackerstraße um 18 Uhr 32 auf Grün gesprungen, und die Nichte der Ermordeten war ein 2CV-Neuling. Sie hat den Ganghebel, wie bei herkömmlichen Fahrzeugen üblich, in Richtung Armaturenbrett gedrückt. Bei einem 2CV befindet sich in dieser Stellung aber nicht die „Erste", sondern der Retourgang. Da hat es gekracht. Der kleine Franzose ist mit voller Wucht nach hinten, in die Stoßstange eines SUV geknallt. Der 2CV war geknickt, sein Rohrrahmen geborsten. Aus ihm pulverte Schnee.

Der Beifahrer des Mädchens hing schlapp im Sicherheitsgurt. Er war halb benommen. Aber nicht, dass du glaubst, er hätte sich die Birne angehaut. Nein, der Typ war on turkey.

„Da schau her", sagt der Oberst. „Ja!", antwortet der Gruppeninspektor. „Der junge Mann ist Mechaniker in der Oldtimer-Schmiede und verwendet die französische Blechbüchse für Auslieferungen. Er ist ein Dealer."

Reinhardt Badegruber

1) Tölpel
2) unbedeutender Mensch
3) schwacher Mensch

Froschblüten

Claudia stand vor der Eingangstür des Einfamilienhauses, in dem sie und Klaus vor etwa fünf Jahren eingezogen waren. Damals war noch alles eitel Wonne. Klaus war ein liebender Ehemann, der ihr fast alle Wünsche von den Augen ablas. Leider hat sich das aber in den letzten Monaten ins Negative verändert. Klaus kam jeden Tag sternhagelvoll nach Hause, war praktisch nicht ansprechbar und ließ seinen ganzen Alkoholfrust an ihr aus. Woher dieser Frust und die Trunksucht resultierten, konnte Claudia nicht erforschen, irgendwann war es dann so weit, täglich die Vorwürfe von ihr, seine Eifersuchtsszenen, dann die ersten Handgreiflichkeiten. Dass Klaus seine Arbeit im Autohandel verlor, war dann auch nur mehr eine Frage der Zeit.

Aber eines war klar: So wollte sie nicht weiterleben, sie wollte sich nicht länger schlagen und misshandeln lassen. Jetzt war Claudia so weit, dass sie ihr Leben kategorisch ändern wollte, und sie wusste auch schon, wie.

Alles, was Claudia noch irgendwie Spaß und Freude bereitete, waren ihre Rosen, ihr Rosengarten den ihr noch Klaus in besseren Zeiten angelegt hatte. Am Anfang ihrer Liebe brachte Klaus ein bis zweimal im Monat einen Strauß roter Rosen – das ist schon lange vorbei. Was für Claudia die Rosen waren, war für Klaus sein Terrarium mit Pfeilgiftfröschen. Wöchentlich verbrachte er viel Zeit mit dem Reinigen des Glasbehälters und mit der Ausstattung und Fütterung seiner Lieblinge. Dies war auch in letzter Zeit noch die einzig sinnvolle Tätigkeit wenn er zu Hause war, falls er überhaupt zu Hause war!

Das Wetter war schön und Claudia wollte ein paar Rosen abschneiden, also nahm sie eine Gartenschere und ging in ihren Rosengarten. Im Moment blühten die gelb-orange „Apricot-Clementine" am schönsten, und da sie einige Stöcke dieser Sorte hatte, schnitt sie an die fünfzehn bis zwanzig Blüten ab, um einen großen Strauß zusammenzustellen.

In diesem Moment kam Klaus, wie immer betrunken, nach Hause. Claudia rief ihm zu; „Hallo Klaus, sind die nicht schön?"

Klaus sah nun in Richtung Claudia, erst jetzt bemerkte er seine Frau im Garten. In seinen Zustand musste er erst überlegen, dann antwortete er: „Lass mich in Ruh mit deinem Grünzeug!"

„Ach bitte, Klaus, komm her und hilf mir kurz", bettelte Claudia in ihrer süßesten Art. „Halte bitte kurz den Strauß, ich möchte noch ein paar dazu abschneiden!"

Klaus knurrte etwas Unverständliches vor sich hin, schwankte nun aber doch die drei Schritte zu Claudia. Diese hatte die abgeschnitten Rosen etwas zusammengelegt und drückte diese in beide Hände von Klaus. In diesem Moment schrie dieser auf: „Scheiß Unkraut! Die stechen ja, verdammt!" Mit diesen Worten, wollte Klaus Claudia die Rosen ins Gesicht schleudern, doch irgendetwas stimmte mit ihm nicht, so viel hatte er doch gar nicht getrunken, seine Hände wurden schwer – so schwer....

In diesem Moment schnappte Claudia die beiden Hände von Claus und stützte ihn, um rasch mit ihm ins Haus zu gelangen. Klaus wurde immer schwerfälliger. Jeder Schritt war doppelt so schwer wie der zuvor. Er sah noch den Rosengarten und den Rosenstrauß, er sah wie dieser Strauß aus seinen Händen fiel. Und da war noch etwas, was aus dem Strauß herausfiel. Aber Klaus konnte es nicht mehr erkennen. Klaus sah den Rosengarten im Nebel, und dieser Nebel wurde immer dichter. Dann zog ihn Claudia durch die Eingangstür, seine Knie gaben nach, die Füße knickten ein und er fiel zu Boden. Claudia schob, zerrte und schleifte ihn ins Wohnzimmer. Vor dem Terrarium ließ sie ihn liegen. Ging zum Wohnzimmerschrank und entnahm einer Lade eine kleine Injektionsspritze und ging zu Klaus zurück. Schob die Hose am linken Bein etwas hoch und die Socke etwas nach unten, dann setzte sie die Nadel und drückte den Koben um die paar Milligramm Flüssigkeit zu injizieren. Dann setzte sie eine Kratzspur an der rechten Hand von Klaus, zog sich Gummihandschuhe an und fing einen der Frösche und drückte diesen in die zerkratzte Handfläche. Dann nahm sie die Gummihandschuhe und Spritze, lief in den Garten und suchte nach der Blutlanzette welche sie im Rosenstrauß versteckt hatte und an der sich Klaus die erste Giftdosis in die

Blutbahn schoß, versteckte diese Utensilien im Keller. Anschließend rief sie Rettung und Notarzt, mit dem Hinweis dass ihr Mann vermutlich einer Vergiftung mittels Batrachotoxin erlitt.

Der Notarzt konnte nach seinem Eintreffen nur mehr den Tod von Klaus feststellen. Claudia gab an, dass sie im Rosengarten Rosen abschnitt und Klaus sein Terrarium reinigen wollte. Als sie wieder ins Haus kam, lag Klaus am Boden und rührte sich nicht. Das Terrarium war offen und normalerweise arbeitete Klaus im Terrarium mit dicken langen Gummihandschuhen. Offensichtlich hatte er diese in seinem alkoholisierten Zustand vergessen anzulegen.

Da Claudia im naheliegenden Krankenhaus im Labor arbeitete, kannte sie den Notarzt. Dieser zapfte Klaus noch etwas Blut ab, um dieses im Labor zu untersuchen. Der Leichnam wurde etwa eine Stunde später abgeholt

Nach fünf Tagen wurde der Leichnam zur Bestattung freigegeben. Im Totenschein war als Todesursache „Vergiftung durch Batrachotoxin" eingetragen.

Nach dem Begräbnis von Klaus, als Claudia nun wieder alleine im Wohnzimmer saß, vor dem Terrarium mit den Pfeilgiftfröschen, und sie die kleinen gelb-orangen und roten Lurche beobachtete, ein großer Rosenstrauß aus ihrem Rosengarten stand auf der Abdeckung des Terrariums.

Sie musste schmunzeln. Auch in einem Spitalslabor lernt man, wie man das Gift der Pfeilgiftfrösche extrahieren kann.

Wolfgang Fenz

Der Pool

Gewissenhaft durchforstete sie die Gesetzbücher und das Internet, um zu prüfen, ob der Bau eines Pools in der Region möglich war oder Behördenwege zu erledigen wären. Beruhigt stellte sie nach vielen Stunden Recherche fest, dass nichts notwendig war und der Bau starten könne.

Fröhlich berichtete sie und schon wenige Tage darauf rückte der bestellte Baumeister samt Bagger und Arbeiter an. Ach, war das eine Freude, wie schnell sich da ein großes Loch im Garten auftat.

Doch der Jubel währte nicht lange.

Am nächsten Morgen stand zu früher Stunde eine Delegation von sieben Personen der Baubehörde am Grundstück. Eifrig wurde gemessen und diskutiert. Jeder der Herrschaften gab sich gescheiter als der andere. „Nein, so geht das keinesfalls! Da muss eingereicht werden. Das eine Eck da befindet sich in der gelben Zone und drei Zentimeter sogar in der Roten – wegen dem Wildbach da im Wald. Da muss ein Antrag eingereicht werden. Ab sofort ist Baustopp und die Mauer da muss weg!"

So ging sie dahin, die Vorfreude auf das Eintauchen ins kühle Nass. Doch so kampflos wollte sie nicht aufgeben. Bitte, wenn die Baubehörde einen Antrag will, dann soll sie den haben. Aber abgerissen wird nichts, bis das nicht geklärt ist, dachte sie sich.

Da die Delegation keine Informationen über das Wie und Wo herausrückte, ging sie persönlich aufs Amt. Doch was dann folgte, war schlimmer als in den ärgsten Albträumen über Bauansuchen. Wurde beim ersten Termin nur eine Skizze des Vorhabens und eine Kurzbeschreibung verlangt, was sie am nächsten Tag vorlegte, folgte darauf eine amtliche eingeschriebene Aufforderung per Post, dass ein richtiger Bauplan vonnöten sei.

Brachte sie diesen, wurde ein Sachverständigengutachten über Mauer und Pool verlangt mit Stabilitätsberechnungen. Als sie dies auch erledigte, kam eine weitere Aufforderung, dass der Plan zu ändern und noch ein Gutachten dafür nötig sei, dass alles auch ohne Hochwasser stabil bleiben würde. Dann wurde eine Bewertung der Wildwasserbehörde angefordert. Dies beanspruchte wieder Monate, denn dazu war eine Begehung durch deren Sachverständigen notwendig, und dann lag die Akte ewig und drei Tage, weil Krankenstände, Urlaube und sonstige Ausfälle bei der Behörde zum Aktenstau führten. Endlich war auch das erledigt. Doch noch immer war der Baubehördenleiter nicht willig die Bewilligung zu erteilen. Er bräuchte da noch was von der anderen Wasserbehörde.

Langsam reichte es ihr. Sie war schon eine sehr geduldige Person, aber was genug war, war genug. Die Kosten türmten sich und die Zeit verging. Dazu kam der Ärger, dass der Garten nicht zum Erholen genutzt werden konnte, weil ein großes Loch und ein riesiger Erdhaufen sämtliche Schönheit der Pflanzenwelt zunichte machten. Damit aber nicht genug, verabschiedete sich der Baumeister mit der hohen Anzahlung in den Konkurs, da er alle Gelder im Ausland verprasst hatte.

Sie schaltete die Juristen der Landesregierung ein und bat um Hilfe. Wie erstaunlich war die Antwort aus der Landeshauptstadt. Die Baubehörde dürfe gar nichts fordern, denn es gäbe keine Möglichkeit einen Pool zu beantragen. Sie könnten auch nichts stoppen oder verbieten, nur die Wasserrechtsbehörde sei zu verständigen.

Wenigstens wusste sie nun, an wen sie sich wenden musste, denn welche der vielen Wasserbehörden zuständig war, verriet ihr der Bauamtstyp nie, trotz aller Ersuchen um die Kontaktdaten.

Ausgestattet mit einer schriftlichen Bestätigung, dass die Baubehörde nichts zu sagen hatte und einer Bewilligung der Wasserrechtsbehörde, machte sie sich zum gefühlten hundertsten Mal auf zum Bauamt. Der Amtsleiter wurde recht blass, als er die Unterlagen durchlas. Trotzdem machte er noch einen Versuch seine Schikanen weiterzuführen: „Nein, das stimmt nicht! Sie dürfen dort an dieser Stelle einfach nichts graben!".

„Doch, und da können Sie nichts dagegen tun. Morgen früh kommt der Bagger und gräbt fertig. Und dann vollenden wir unser Vorhaben. Wenn es Ihnen zeitlich ausgeht, so laden wir Sie herzlich ein, dass Sie sich das ansehen. Auf Wiedersehen ... na, besser nicht!"

Am nächsten Morgen kam erneut der Bagger, aber auch der Bauamtsleiter und mit ihm drei Polizeibeamte. In der Hand hielt er den Abbruchbescheid, wedelte damit in der Luft und wollte gerade die Polizisten auf das Grundstück jagen. Doch sie hatte das Schriftstück bei sich, das bestätigte, dass das Bauamt da nichts zu sagen hatte und der Abbruchbescheid nicht gültig wäre. Die Beamten lasen das Dokument, schüttelten nur die

Köpfe über das blöde Verhalten des Bauamtleiters und schickten sich an abzufahren.

Genau in dem Moment rief der Baggerfahrer laut um Hilfe. Alle liefen zu der Grube, da sie einen Unfall vermuteten. Der Baggerfahrer war wohlauf aber von der großen Schaufel baumelte ein Frauenbein und ein Arm.

„Sofort alles stoppen!", rief ein Polizist. Der Bauamtsleiter versuchte sich unauffällig aus dem Staub zu machen, doch er stolperte über einen Blumentopf und fiel der Länge nach hin. Zwei Minuten später fand er sich in Handschellen auf dem Rücksitz der Funkstreife.

Er hatte vor zwei Jahren seine Schwiegermutter vergiftet, da ihn die alte Schachtel nur nervte. Da das Grundstück damals leer stand, nutzte er die ruhige Lage und vergrub sie dort. Warum mussten die neuen Besitzer bei dreitausend m^2 genau an dieser Stelle auf einen Pool bestehen?

Ali Bi

Tod im Chefsessel

Ein süffisantes Grinsen breitete sich auf dem feisten Gesicht von Direktor Mario Rall aus. „Mein lieber Schellmann! Wie lange sind Sie schon in unserer Firma? Fünfundzwanzig Jahre? Oder sind es schon sechsundzwanzig? Egal. Gehen Sie zu irgendeinem Mitarbeiter in dieser Firma – auch wenn dieser erst ein paar Monate bei uns arbeitet – und fragen Sie ihn: *Wem gehört das Patent, wenn ich etwas erfinde?* Dann wird er wie aus der Pistole geschossen antworten: *RALLTEC Solutions G.m.b.H., meinem großzügigen Arbeitgeber.* Und das sollte Ihnen auch bekannt sein, Schellmann! Ich werde Ihnen aus purem Entgegenkommen verzeihen, dass Sie hinter meinem Rücken versucht haben, unsere Firma zu schädigen." Er beugte sich bedrohlich vor und seine Schweinsaugen blitzten. „Ich hoffe, Sie machen mir keine Kalamitäten, Schellmann. Meine Anwälte haben schon genug damit zu tun, dass sie Ihr widerrechtliches Patent umschreiben lassen müssen!"

„Keineswegs, Herr Direktor!", beteuerte Ing. Rudolf Schellmann kleinlaut und verließ in gebückter Haltung das pompöse Büro.

In seiner kleinen Heimwerkstatt hatte Schellmann vor einigen Jahren begonnen, einen neuartigen Sprengstoff zu entwickeln. Auf der Basis von Nitropenta und Cellulosenitrat gelang ihm ein Prototyp – so klein wie eine Zigarette – mit enormer Sprengkraft. Seine Absichten waren rein und friedvoll, wie einst beim schwedischen Chemiker Alfred Nobel.

Er dachte an den hilfreichen Einsatz bei Abbrucharbeiten, im Bergbau oder bei Rettungsarbeiten. Seine Frau riet ihm, diese chemische Formel patentieren zu lassen. Nach nicht einmal vier Wochen wurde ihm die Patentschrift zugestellt. Zu seiner Überraschung meldete sich bei ihm – nach ein paar Monaten – ein Angestellter der Amerikanischen Botschaft und bat ihn sehr höflich um ein Gespräch in ihren Amtsräumen in der Boltzmanngasse.

An einem Sonntag wurde Ing. Schellmann mit einem schwarzen SUV mit getönten Scheiben von daheim abgeholt und in die Amerikanische Botschaft kutschiert. Am riesigen Besprechungstisch saßen fünf Männer in Anzügen und Bürstenhaarschnitt. Ein gewisser Mr. Smith von einer Bundesbehörde schob ihm einen Aktenumschlag zu und sagte: „Herr Schellmann, wir sind sehr interessiert an Ihrem Patent. In diesen Papieren finden Sie ein großzügiges Angebot von unserer Regierung. Falls Sie dieses annehmen, müssten Sie allerdings für ungefähr drei Monate uns in Amerika zur Verfügung stehen. Reden Sie mit Ihrer lieben Frau, ein vollfinanzierter Aufenthalt in Virginia wird sicherlich auch ihr gefallen. Es wird Ihnen an nichts fehlen, das kann ich versprechen!"

In diesem unerwarteten Glückstaumel sagte der biedere und loyale Schellmann: „Ich danke Ihnen für das großmütige Offert. Meine Frau wird kein Problem sein, aber ich muss meinen Chef informieren, ob er mich für ein paar Monate freistellen kann."

Am nächsten Tag ging er zu Direktor Mario Rall und erzählte ihm freudig und ausführlich von der riesigen Chance, die ihm geboten wurde. „Kein Problem, Herr Schellmann.", versicherte ihm Rall. „Ich muss nur noch alle Eventualitäten, die auf uns zukommen könnten, ausräumen. Wenn Sie also so freundlich wären und mir Ihre Unterlagen zur Einsicht zur Verfügung stellen würden." Was er auch tat.

Und dann kam das ernüchternde Gespräch mit seinem Arbeitgeber. Ing. Rudolf Schellmann war im Grunde genommen kein nachtragender Mensch. Doch es überkam ihn ein gewisser Groll, eine Wut, ein Hass. Mit keifenden Worten warf ihm seine Frau vor, dass er sich nicht gegen die Verletzungen, Demütigungen und Frustrationen wehrte. *Du hast keine Eier in der Hose!*, hielt sie ihm vor. Groll und die Anzweiflung der Männlichkeit sind eine brisante Mischung.

Die nächsten Abende verbrachte Schellmann in seiner Werkstatt und konstruierte einen winzig kleinen Druckzünder für sein begehrtes Patent. Die Sprengladung stattete er noch mit Metallkugeln aus. Im Umkreis von einem Meter war nun dieses Gerät absolut tödlich.

Am nächsten Tag ging Schellmann in das Büro von Direktor Rall. „Hier habe ich ein Schreiben, dass ich alle Rechte meiner Erfindung auf die *RALLTEC Solutions G.m.b.H.,* überschreibe. Sie brauchen nur zu unterschreiben." Er reichte seinem Chef einen bronzefarbenen Kugelschreiber.

Direktor Rall setzte sein erfolgsverwöhntes Lächeln auf.

Ing. Rudolf Schellmann lächelte auch und ging fünf Schritte zurück.

Alexander Kautz

Terminal 2

Ich nehme die Autoschlüssel, ziehe die Lederjacke an, schlüpfe in die Schuhe, versperre die Wohnung. Drehe mich um, blicke ins Treppenhaus. Atme tief durch. Dann laufe ich die Stufen hinunter. Ich beeile mich, ohne es wirklich zu wollen. Vor dem Haus der Parkplatz mit den abgestellten Autos. Die Morgenluft, scharf und klar wie ein Schluck Schnaps. Diese leichte Brise von den Bergen im Westen her. Sonnenaufgang.

Ich setze mich ans Steuer. Mein Gesicht im Rückspiegel ist gerötet vom Laufen, die Haare wirken zerzaust. Der linke Hemdkragen steckt unter der Lederjacke fest, auf dem Hemd sind Schweißflecken zu sehen. Etwas unordentlich wirke ich heute, ganz anders als sonst. Ich starte den Wagen, einen schnellen BMW. Edle Lackierung, 250 PS, beinahe neu. Vor weniger als einem Jahr erst gekauft.

Auf der Hauptstraße nur wenige Leute. Der Bäcker, der Gemeindearzt. Der Trainer des Fußballvereins, die Lehrerin meiner Kinder. An der Bushaltestelle müde Gesichter, die auf den Transport in die Hauptstadt warten. Fünfundzwanzig Kilometer Einsamkeit, Dösen. Bevor die Arbeit wieder beginnt, die freudlos verrichtete, aber notwendige Arbeit. Nach dem Ortsschild eine lange Gerade, wo manchmal schreckliche Unfälle passieren. Meist am Wochenende, wenn die jungen Leute von einer Diskothek zur anderen rasen. Unter Alkoholeinfluss, auf Drogen, mit diesem Übermut, der an einem Baum, einem Laternenpfahl, einer Hofeinfahrt endet. Mit dem Blaulicht der Einsatzfahrzeuge, mit Bergescheren, Scheinwerfern und dem Kopfschütteln über die Toten, die aus den Wracks gezerrt werden müssen. Nachts im Regen, bei einsetzendem Schneefall, Glatteis oder nach einem Wolkenbruch, der die Straßen überflutet.

Nach einigen Kilometern Fahrt die Kulisse der Hauptstadt im Hintergrund, die Abzweigung zum Flughafen, die vielen Taxis und Limousinen, diese Geschäftigkeit aus Kommen und Gehen. Ich stelle meinen Wagen in einem Parkhaus ab, hole den Koffer, die Laptoptasche und den Staubmantel aus meinem Wagen und eile in die Abflughalle des Terminal 2, wo die Langstreckenflüge abheben. New York. Chicago. San Francisco. Buenos Aires. Bogotá. Lima. Zur Passkontrolle. Den Aluminiumkoffer abgeben. Vor dem Gate die anderen Passagiere mustern. Die vielen Geschäftsleute, die wenigen Familien. Ein paar Studenten und Globetrotter. Schick aussehende jüngere Frauen. Und ich. Der sein Gesicht in einem Spiegel betrachtet. Diese schwarzen Ränder unter den Augen. Die Bartstoppeln, die leicht angegrauten Schläfen. Den schmalen Mund. Die hohlen Wangen. Das Grübchen am Kinn.

Ich hatte wenig Schlaf, letzte Nacht. War lange wach gelegen, hatte dem ruhigen Atem meiner Frau zugehört. An meine Abreise gedacht. An den bereits gepackten Koffer. An mein Vorhaben, Schluss zu machen. Mit diesem freudlosen Leben, eingekerkert in einer Reihenhaushälfte. Mit einer Frau, die mich manchmal mit einem blonden Kellner betrog, mit dem Postbeamten, mit einem Studenten. Sogar unsere beiden Kinder waren mir gleichgültig geworden. So gleichgültig wie das Leben der anderen Leute.

Ein Lidschlag, und das Gesicht im Spiegel erlosch. Ich stand auf und ging mit den anderen Fluggästen zum Schalter hinüber. Wies mein elektronisches Ticket vor, legte die letzten Meter zur wartenden Maschine zurück, nahm in der dritten Reihe Platz: ich hatte es geschafft. Niemand schöpfte Verdacht. Kein Beamter in Zivil, der mit einer Stewardess ein paar Wörter wechselte und dabei in meine Richtung schaute. Die Kabinentüre wurde geschlossen. Die Gangway wich draußen zurück, das riesige Langstreckenflugzeug setzte sich sanft in Bewegung, rollte zur Piste hinaus, war nicht mehr aufzuhalten.

Ich dachte an meine Familie, die ich zurückgelassen hatte. Irgendwann würde jemand an der Eingangstür läuten. Der Paketbote, ein Nachbar, die Spielkameraden meiner Kinder. Aber niemand würde öffnen. Alles blieb ruhig in unserer Wohnung. Kein Laut war zu hören, nicht einmal das Ticken einer Uhr. Nichts als Schweigen, als undurchdringliche Stille. Man würde den Notruf wählen und die Eingangstür aufbrechen lassen.

Schließlich betreten Polizisten die Wohnung. Mit gezogener Waffe. Konzentriert. Schweigend. Noch ein paar Sekunden, bevor sie die Toten entdecken. Die erschossene Ehefrau. Und meine erdrosselten Kinder.

Gert Weihsmann

96

Nachbarschaftshilfe

Er war mir sofort sympathisch. Bereits als er einzog, nebenan, ist mir aufgefallen, wie höflich er ist, wie zurückhaltend, ein angenehmer, junger Mann. Nie ist es laut bei ihm. Das rechne ich ihm hoch an. Ich habe einen leichten Schlaf und komme, einmal aufgewacht, kaum noch zur Ruhe. Was angesichts meiner Narkolepsie einer gewissen Ironie nicht entbehrt. Ohne Vorwarnung nicke ich ein, manchmal für Sekunden, meistens länger.

Meine Arbeit war mein Leben. Aber Konzentration und Genauigkeit sind Voraussetzungen für den Umgang mit Chemikalien. Als die Schlafsache begann, wurde ich krankgeschrieben und bald darauf in die Frühpension entsorgt. Seitdem sind meine Tage lang und leer, meine Nächte länger und leerer. Auch mein Rücken macht mir Probleme. Das Stiegensteigen wird von Tag zu Tag beschwerlicher. Zwischen dem dritten und dem vierten Stock ist mir jede Ausrede für eine Pause recht, umso erfreulicher war, dass sich mein Nachbar häufig Zeit für ein paar Worte genommen hat. Sogar meine Einkäufe hat er nach oben getragen, selbst, wenn er gerade im Gehen war.

Mein Nachbar hat oft Besuch. Es ist ein ständiges Kommen und Gehen. Obwohl es weniger ein Gehen ist. Ich sah viele Mädchen und Frauen eintreffen. Gegangen ist kaum eine. Zumindest habe ich es nicht bemerkt.

War seine Freundlichkeit womöglich nur eine Fassade, die seine inneren Abgründe verbergen sollte? Neugierig geworden, observierte ich seine Aktivitäten, füllte Seite um Seite meines Notizbuchs, vermerkte akribisch die Ankunft von Frauen und Mädchen, blond, brünett, schwarz- und rothaarig. Alle jung, alle hübsch. Viele sah ich kommen, wenige gehen. Gerne hätte ich Tag und Nacht Wache gehalten, aber immer wieder schlief ich ein. Als ich ihn jedoch dabei beobachtete, schwere Teppichrollen aus seiner Wohnung zu tragen, brachte es mir die erhoffte Gewissheit. Seine makabre Neigung eröffnete mir ungeahnte Perspektiven. Meine Idee war ebenso einfach wie verführerisch. Ich würde bekommen, wonach ich mich schon lange sehnte. Mein Angebot würde er nicht ablehnen können.

Ich wartete, bis er allein war. Vor Nervosität hatte ich schweißnasse Hände.

Er lächelte, als er mir öffnete. „Kann ich Ihnen behilflich sein?"

„Ja", antwortete ich, meine Stimme längst nicht so fest wie sonst.

Er bat mich herein. Ich war auf alles gefasst, aber nicht darauf. Alles war bunt. Leuchtende Farbspritzer auf den Wänden, dem Fußboden. Ein hypnotisches Farbspiel, lebendig und fröhlich.

„Was kann ich für Sie tun?" Sein Blick war offen, er wirkte so harmlos.

„Sie wissen, wie Sie mir helfen können." Meine Stimme war kaum mehr als ein heiseres Krächzen.

Seine Verwirrung schien echt. Er war ein guter Schauspieler.

„Lassen Sie sich nicht bitten. Sie wissen genau, warum ich hier bin."

„Ich verstehe nicht … Wollen Sie etwa?" Sein Gesicht sprach Bände.

„Ja, das will ich. Töten Sie mich!"

Er erstarrte.

„Töten Sie mich", wiederholte ich.

Sein Gesicht entgleiste. „Was wollen Sie?"

„Ich will, dass Sie mich töten." Ich artikulierte überdeutlich, er musste begreifen, wie ernst es mir war.

Er schüttelte den Kopf, abwehrend, irritiert. Er wies mich ab! Ich präsentierte mich ihm als williges Opfer und er war nicht in Stimmung.

„Hören Sie", versuchte ich ruhig zu bleiben, „ich verlange doch nichts, was Sie nicht schon getan hätten."

„Haben Sie den Verstand verloren?", brüllte er. Er war wirklich ein fabelhafter Schauspieler!

„Aber was ist mit den Frauen und den Teppichen? Ich weiß doch, was ich gesehen habe!"

„Was Sie gesehen haben? Was Sie gesehen haben?" Er wurde mit jedem Wort lauter. „Ich bin Künstler. Die Frauen sind meine Modelle. Ich bemale sie, dann rollen sie sich auf den Teppichen."

„Nein", flüsterte ich. „Sie müssen mir helfen. Ich brauche Sie!"

„Meine Teppichbilder sind gefragt", sagte er, „sehr gefragt."

Die Wände rückten näher und näher, die Farbspritzer begannen zu tanzen, sprangen mich an. Ich flüchtete in den Schutz meiner Wohnung.

Seit dem Vorfall grüßt mein Nachbar mich nicht mehr. Verdenken kann ich es ihm nicht.

Nicole Makarewicz

Karmapunkte

„Diese Aussendung machen Sie bis heute Nachmittag, ja? Ich weiß, dass Sie früher gehen wollten. Aber sehen Sie es so: Das gibt Karmapunkte!"

Ich könnte dem Momsen, dem Herrn Prokuristen, sein selbstgefälliges Grinsen aus dem Gesicht schlagen. Jaja, Karmapunkte. Die kann er sich sonst wo hinstecken. Trotzdem setze ich mich an die Arbeit. Innerhalb von drei Stunden sind doch locker Infos für die Aussendung gesammelt, das Schreiben entworfen und korrigiert, oder?

„Ach, und machen Sie mir einen Spezialkaffee. Sie wissen schon ..."

Natürlich weiß ich, wie er das Gesöff am liebsten trinkt. Stark, zwei Löffel Zucker, einen Fingerhut Milch und ein Stamperl Amaretto. Alkohol in der Arbeit, wie verträgt sich das mit Karmapunkten?

Wie rechnen sich diese Punkte eigentlich? Einer pro Adresse? Pro Seite? So oder so, mein Karmakonto weist einen respektablen Stand auf. Weil ich meistens die Letzte im Büro bin. Mich um die schwierigen Kunden kümmere. Oder der Kollegin jedes Mal weiterhelfe, wenn sie in ihrer unglaublichen Software-Kreativität den Computer zum Abstürzen bringt. Wie schafft sie das bloß? Sie wäre prädestiniert für einen Job in einer IT-Firma. Als Testperson. Wenn ein Programm diese Frau überlebt, ist es wirklich bombensicher.

Klar leidet meine Aufmerksamkeit. Habe ich einmal angemerkt. Worauf der Momsen, der von Buddhismus ähnlich viel Ahnung hat wie ein Maikäfer von der Relativitätstheorie, mir allen Ernstes einen Vortrag über Achtsamkeit gehalten hat. „Und wenn Ihre Aufmerksamkeit nachlässt, weil zu viele Aufgaben im Kopf herumspuken, dann stehen Sie auf, schließen die Augen und balancieren auf einem Bein."

Hab ich sofort ausprobiert, fast wäre ich auf die Schnauze gefallen. Nachdem ich die Augen geöffnet habe, waren die Aufgaben noch immer da. Kam nicht sehr gut, den Momsen darauf anzusprechen. Darum würde es in dieser Übung nicht gehen, meckerte er.

Ob man die Karmapunkte gegen Bargeld eintauschen kann, hab ich ihn danach gefragt.

„Aber, liiiebe Frau Kollegin, da haben Sie den Sinn von Karma völlig missverstanden!" Wieso, machten die Punkte satt? Zahlten sie Miete? Da schüttelte er nur den Kopf. „Wissen Sie, ich trage Ihnen diese Aufgaben nur deshalb auf, damit ich Sie davon abhalte, sich schlechtes Karma zuzufügen. Ich schütze Sie davor, dass Sie durch zu viel freie Zeit den Verlockungen der Konsumwelt ausgesetzt sind." Nein, wie empathisch!

Ich muss einen Weg finden, dass sich mein Arbeitspensum auf dem realen Konto zu Buche schlägt. Aber wie? Die Kunden zur Barzahlung animieren? Macht keiner mehr. Bei der nächsten Rechnung, die ich ausstelle, meine Kontonummer angeben? Und dann diese Rechnungen stornieren? Das merkt sogar der Momsen. Oder die Kesting, seine Hyäne. Wollte sagen, Assistentin. Schon mal den Film „Matilda" gesehen? Die „Knüppelkuh"? Könnte die Zwillingsschwester der Kesting sein. Wenn die ein Zimmer betritt, überlegt man automatisch, ob man Zähne geputzt und Aufgaben gemacht hat. Die Kesting kennt sich blöderweise mit Computer aus. Und mit Rechnungen.

Der Seiffert, unser Abteilungsleiter, geht demnächst in Pension. Wenn ich fleißig bin, werde ich befördert und krieg die damit verbundenen Gehaltserhöhung.

Ab sofort bin ich die Erste, die kommt, die Letzte, die geht. Meine Arbeitsunterlagen sind ein Gedicht, Aussendungen erledige ich, bevor der Momsen sie überhaupt vorschlagen kann.

„Wie erfreulich, dass Sie sich so ins Zeug legen, Frau Kollegin! Das wird dem Herrn Brettner seine neue Tätigkeit erleichtern. Er wird Herrn Seiffert ersetzen und ist Ihr neuer Vorgesetzter."

WAS? Der Brettner ist befördert worden? Nicht ich?

Es dauert, bis die Information angekommen ist. Na dann .... „Tolle Neuigkeiten, Herr Momsen. Genießen Sie Ihren Kaffee!" Mit einem zuvorkommenden Lächeln stelle ich ihm die Tasse hin. Stark, zwei Löffel Zucker, ein wenig Milch. Und ... der Amaretto überdeckt wunderbar das einzigartige Aroma nach Bittermandeln.

… Wie viele Karmapunkte wiegen eigentlich eine Por-
tion Kaliumcyanid auf? …

Mina Albich

Tödlicher Strudel

Sabine knallte mit Wucht den Teig auf die Arbeitsplatte. Das war gut für seine Konsistenz und auf gewisse Art befreiend. Apfelstrudel war ihr für den Firmenabschied passend erschienen. Denn seit jenem Tag, an dem Werner ihr eröffnet hatte, dass er sich sowohl privat als auch beruflich von ihr trennen würde, hatte sie das Gefühl, in einem Strudel von sich aneinanderreihenden Demütigungen und damit einhergehenden Emotionen gefangen zu sein. Ein Sog, der sie immer weiter nach unten zog. Aber nicht mehr lange. Die Reihe an Schikanen vonseiten der »neuen Chefin«, als die sich Emma, Werners junge Freundin, selbst bezeichnete, würde bald ein Ende nehmen. Über zwei Jahrzehnte hatte Sabine all ihre Energie in diese Firma gesteckt. Wenn sie selbst gehen musste, würde sie zumindest dafür sorgen, dass Emma sie nicht ersetzen konnte.

Fast nicht auszuhalten war deren zuckersüße Art, ihr Dahinstöckeln auf dem Flur und ihr koketter Augenaufschlag. Die männlichen Angestellten scharwenzelten um sie herum, ohne zu merken, welche Abgründe sich hinter dem aufgesetzten Zahnpastalächeln und der blondierten Lockenmähne verbargen. Dass sie ein intrigantes Miststück war, hatte Sabine auf den ersten Blick erkannt. Aber jeder Mensch hatte seine Schwachstelle. Von Emmas wundem Punkt hatte Sabine durch eine schicksalshafte Fügung erfahren.

Es war etwa zwei Wochen zuvor gewesen, in der Konditorei hinter der Kirche. Während Sabine draußen am Eisstand gewartet hatte, war von drinnen Emmas Stimme ertönt. Die hätte sie überall erkannt. Ausführlich schilderte sie jemandem, dass sie süchtig nach dem dortigen Apfelstrudel sei, weil diese Konditorei ihn nicht nur exzellent, sondern auch original zubereite, nämlich ohne Nüsse. Auf die reagiere sie allergisch. Eine einzige Nuss würde genügen, um ihre Atemwege so anschwellen zu lassen, dass sie ohne Medikament binnen weniger Minuten ersticken würde. Gut zu wissen.

An jenem Tag hatte Sabine damit begonnen, ihren teuflischen Plan auszuhecken. Mehrmals hatte sie Apfelstrudel in besagter Konditorei gekauft und so lange eigene Backversuche unternommen, bis ihr Strudel optisch dem anderen glich. Die Schachteln mit dem Logo der Konditorei hatte sie aufgehoben, sie waren Teil des Plans.

Zum Abschied lud sie zu einem kleinen Ausflug ein. Geplant war eine Wanderung zu einer Selbstversorgerhütte mit Übernachtung. Rund zwanzig Personen hatten sich angemeldet: ein paar Frauen, die Sabine sehr mochte, und ansonsten Männer, die sich die Gelegenheit, vor der selbsternannten Chefin Eindruck zu schinden, nicht entgehen lassen wollten. Diebisch freute sich Sabine auf die verschwitzten Gesichter der älteren Bürohengste, die allesamt einen zweiten Frühling zu erleben schienen, seit Stöckelschuhe und Miniröcke ihren

Verstand vernebelten. Werner und Emma würden ebenfalls mitkommen, um den guten Schein zu wahren. Auch das war Teil des Plans.

Nur mehr ein Tag, bis es losgehen konnte. Ein Caterer vor Ort würde für die kalten Platten mit regionalen Schmankerln sorgen, und ein Bauer hatte sich bereiterklärt, mit Traktor und Anhänger Gepäck und Verpflegung zur Hütte zu bringen, während die Gruppe nach oben wanderte. Mit an Bord würde Sabines selbstgemachter Apfelstrudel sein, schön verpackt in die Konditorschachteln und nicht zu unterscheiden vom Original. Das Einzige, wofür Sabine sorgen musste, war, dass zwei oder drei Gepäckstücke, darunter das von Emma, rein zufällig bei der Abfahrt des Traktors verlorengingen, sprich vom Anhänger fielen. Somit gäbe es auf der Hütte kein Notfallmedikament, wie Allergiker es meist auf Reisen dabeihatten.

Sabine summte fröhlich vor sich hin. Sie belegte den inzwischen gezogenen Teig mit der vorbereiteten Apfelfülle und griff nach einer Schüssel. Liebevoll streute sie die gerösteten und fein geriebenen Nüsse auf den Strudel, bevor sie ihn einschlug. Das Werk war vollbracht. Nun lag es in des Schicksals Händen, was passieren würde, aber sie nahm an, dass es dieses Mal auf ihrer Seite war …

Ulrike Moshammer

Nora

Wäre nicht jener Abend gewesen, hätte Nora vielleicht ein Leben geführt wie viele andere Frauen auch.

Sie hätte wahrscheinlich einen Mann gehabt, einen tüchtigen Kerl, der morgens zur Arbeit ging, abends heimkam und Nora glücklich machte. Ein Häuschen würde sie gehabt haben, wäre nicht jener Abend gewesen, ein Häuschen in einer kleinen sauberen Siedlung, Blumen vor dem Fenster und Rosen im Vorgarten. Sie hätte ein Auto gehabt, einen Kleinwagen, einen Bibliotheksausweis und eine Dauerkarte für das Hallenbad.

Ein Idyll auf dem Land, weit weg von der nächsten lauten Stadt mit stinkenden Autos, Drogen und teurem Obst.

Doch es hatte jenen Abend gegeben; jenen Abend, der Noras Leben binnen weniger Stunden in seiner Grundfeste erschütterte und für alle Zeiten veränderte.

Wäre nicht jener Abend gewesen, wäre Nora wohl auch Mutter geworden. Kinder zu haben, zwei oder gar drei, gehörte genauso zu ihrem erträumten Lebensplan wie eine Perlenkette, ein weißes Brautkleid und das gemeinsame Singen mit der Familie um den Adventkranz.

Ihr Leben war anders verlaufen, gegabelt hatten sich Träume und Realität an jenem Abend.

Fünfzig Jahre lag jener Abend nun zurück.

Fünfzig Jahre, doch in ihrer Erinnerung schien er manchmal erst gestern gewesen zu sein, so klar und frisch, deutlich und quälend wiederholten sich die Erinnerungsbilder in ihrem Kopf.

Nicht einmal der Schlaf gewährte ihr für ein paar Stunden gnädiges Vergessen. Die Erinnerung an jenen Abend flocht scheußliche Gedanken in ihre Träume, unaufhaltsam verdichteten sich einzelne Geschehnisse zu einem gewaltigen Epos aus erlebter Grausamkeit und fiktivem Schrecken. Traum und Wirklichkeit schienen sich an manchen Tagen darin zu überbieten, ihr das Leben zur Hölle zu machen.

Seit über fünfzig Jahren.

Fünfzig Jahre.

Eine Ewigkeit.

Ein Wimpernschlag.

Für Nora selbst galt die Zeitrechnung nicht mehr seit jenem Abend.

Es gab nur diesen einen Punkt in ihrem Leben, groß, übermächtig, immer präsent.

Die Zeit teilte sich nie mehr in Tage, Wochen, Monate, Jahre, sondern in davor und danach.

Nebelhaft, weil in ihrer Harmlosigkeit und Alltäglichkeit bedeutungslos, die Zeit davor.

Grell und furchteinflößend jene danach.

Nora erlebte jenen Abend in einer Dauerschleife. Manchmal kippte sie unversehens heraus aus dem Albtraum, für einen Augenblick zeigte sich ein Hauch von

Hoffnung auf einen ungewissen, vielleicht sogar gnädigen Ausgang der erlebten Geschichte.

Doch wie ein Irrlicht verschwand so schnell, wie sie gekommen war, jede Hoffnung auf Entspannung oder ein gnädiges Lächeln.

Jener Abend im Park hat ihrem Leben einen Stempel aufgedrückt und ihren Weg vorgezeichnet.

Es gab nur mehr eine Richtung für Nora und jetzt, mit beinahe achtzig Jahren, erschien Licht am Ende des Tunnels. Blasenkrebs. Es täte ihr leid, hatte die junge Urologin gesagt. Nora tat es nicht leid. Blasenkrebs war also letztendlich die Erlösung aus diesem Leben, was auch immer kommen mochte danach, war Nora gleichgültig.

Sie glaubte nicht an Gott, nicht einmal vor jenem Abend hatte sie das getan.

Sie hatte an das Leben geglaubt, an ein kleines Glück.

Bis zu jenem Abend.

Inzwischen war ihr längst egal, dass der Täter nie gefasst werden konnte.

„Wird nicht leicht, ihn zu kriegen", hatte der Kripo-Beamte bei der Einvernahme gesagt. Nora war es egal.

Was hätte es geändert, ihn im Gefängnis zu wissen? Vielleicht sogar nur für wenige Monate. Womöglich wäre er aus Mangel an Beweisen freigesprochen worden, hatte Nora doch stundenlang geduscht im kläglichen Versuch, alles Schmutzige, das an und in ihr klebte, abzuwaschen. Er war geschickt vorgegangen, hatte wenige Spuren hinterlassen.

Die Zeit heilt alle Wunden?

Das Leben geht weiter?

Vielleicht irgendwo für irgendwen.

Nora indes hatte keine Chance gehabt.

Monika Krautgartner

Epilog

Wir leben schon in einem sehr geilen Land, diesem Österreich. Dass muss man einfach zugeben. Auch wenn die Menschen hier gern a bissl »raunzen« und »jammern«, umgibt uns (noch) ein erträgliches Klima, wundervolle Natur, reines Wasser und eine halbwegs stabile Lebensbasis.

Obwohl das in den letzten Jahren wohl etwas in der Flut der internationalen Großkonzerne der Literatur untergeht, sind wir ein Volk großartiger Schriftsteller und Künstler (ich spar mir das Gendern, weil der Text sonst so zerpflückt aussieht). Es wurmt mich schon, dass die Österreichische Literatur und bildende Kunst aufgrund Profitgier und billiger Massenwaren so massiv verdrängt werden. Für mich ist ein Buch ein Kunstwerk und keine Dumpingware.

Texte sollten Leben, vom Schreiber gefühlt werden, um die Leser in die Story zu tragen und mit den Protagonisten zu verbinden. Illustrationen müssen mit der Hand gezeichnet werden, um zu atmen und die Worte mit dem Visuellen zu vereinen. Das erreicht man niemals mit digitalen Pixelbausteinen, die in Sekunden hingepfeffert werden.

Wir, die Österreichischen KrimiautorInnen, schreiben noch mit dem Herzen. Unsere Protagonisten begleiten uns meist ein bis zwei Jahre, flüstern uns Geschehnisse zu, zeigen uns Begebenheiten und rauben uns nachts den Schlaf. Von der ersten Zeile bis zum letzten Wort lassen sie uns nicht mehr los. So lange, bis ein Werk vollendet ist. Tausende Stunden an Arbeitszeit verstreichen, um so ein Buch zu erschaffen, Zeit, die unbezahlbar ist, die wir aber gerne geben, um unseren Lesern spannende und unterhaltsame Lektüre zu bieten.

Seit Beginn 2023 bin ich im Vorstand der Österreichischen KrimiautorInnen und es ist mir eine große Ehre, dass wir nun bereits im zweiten Jahr dieses Werk erschaffen. Wir schreiben diese Kurzkrimis ohne Honorar, Gestaltung und Illustrationen steuere ich bei und so können wir gemeinsam mit Ihnen – liebe Leserinnen und Leser – mit dem Erlös aus diesem Werk die Kinderkrebshilfe unterstützen. Daher danken wir Ihnen von ganzem Herzen für den Erwerb dieses Buches und wünschen Ihnen viel Lesevergnügen.

Ihre Karina Pfolz

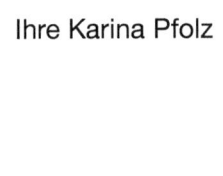

Autorinnen und Autoren

in chonologischer Reihenfolge

Albich, Mina

»Karmapunkte«, Seite 101

Mina Albich ist Wienerin mit Leib und Seele. Sie hat Soziale Verhaltenswissenschaften, klassischen Gesang und literarisches Schreiben studiert. Menschen, Sprache und Musik sind ihre Hauptinteressen, die sie leidenschaftlich gern in ihren Kriminalromanen verarbeitet.

Badegruber, Reinhardt

»Affenschaukel im Schnee«, Seite 75

Baujahr 1953. Gelernter Slawist und Kommunikationswissenschaftler. Universalösterreicher: geboren in O.Ö., aufgewachsen in Kärnten, gereift in Wien. 38 Jahre lang Redakteur bei Radio Wien. Krimi- und Nestbeschmutzungsautor. Marotte: Schreibt „Hinterweltler" anstatt „Hinterwäldler" und „Verduschen" statt „Vertuschen". Badegruber ist eben Badefreak.

Biltgen, Raoul

»Das Richtige tun«, Seite 58

Geboren 1974 in Luxemburg, lebt in Wien. Raoul Biltgen ist Psychotherapeut (bei der Männerberatung Wien und am Institut für Forensische Therapie) und Sexualtherapeut. Daneben ist er Schriftsteller. Neben Romanen und Kurzgeschichten hat Raoul Biltgen über 50 Theaterstücke verfasst, die bisher in Österreich, Deutschland und Luxemburg, aber auch in Ungarn, Rumänien, China oder Mexiko zu sehen waren. Mit seinem Theaterstück „Robinson – meine Insel gehört mir" gewann er den niederländisch-deutschen Kinder- und Jugenddramatikerpreis 2017, drei weitere seiner Stücke schafften es jeweils auf die Shortlist. Nach vier Nominierungen für den GLAUSER (2014, 2017, 2020: Kurzkrimi, 2018: Roman) wurde ihm mit der fünften Nominierung 2021 der GLAUSER in der Kategorie Kurzkrimi verliehen. Mit dem Theaterstück „Zeugs" gewann Raoul Biltgen 2022 den Preis der Jugendjury bei den Mülheimer Theatertagen.

Blasl, Klaudia
»Endstation Liebling«, Seite 54

Sie kocht gerne und gut, noch lieber befeuert sie allerdings ihre kriminelle Giftküche. Das Ergebnis dieser Leidenschaft sind spannende Kriminalromane mit schwarzem Humor, bösen Blumen und fiesen Gewächsen. Für ihr letztes Werk "Gärten, Gift und tote Männer" wurde sie mit dem Deutschen Gartenbuchpreis 2023 ausgezeichnet. Die Österreicherin lebt in der Steiermark und dem Südburgenland, wo sie auch einen Giftpflanzengarten pflegt.

Fenz, Wolfgang

»Froschblüten«, Seite 79

1956 in Wiener Neustadt (Niederösterreich) geboren. Nach den Pflichtschulen schlug er eine technische Ausbildung (HTL-Maschinenbau) ein, bereits in diesen Jahren verspürte er den Wunsch Kriminalromane zu schreiben. Dies verwirklichte Wolfgang Fenz erst in der Zeit zwischen 2010-2012 - in dieser Zeit entstand sein erstes Werk „Mit den Bienen kam der Tod". 2016 folgte: „Leichen lächeln nicht", und zuletzt erschien „Mit Agenten spielt man nicht.

Fröhlich, Leopold

»Sechs Richtige«, Seite 22

Leopold Fröhlich wurde 1963 in Österreich, nähe Wien geboren. Er arbeitet bei einer renommierten Maschinenbaufirma. Seit 2012 schreibt er als Leopold F Kurzgeschichten und Gedichte, die er auf der Autorenplattform „Mystorys.de" veröffentlicht. Weiters ist er in zahlreichen Anthologien des Karina Verlages vertreten. Seine Arbeiten präsentiert er auch bei Lesungen in Wien.

Grager, Veronika A.

»Das Grauen der Nacht«, Seite 71

Geboren im Nachkriegs-Wien. Aufgewachsen auf einem Bauernhof in Wien. Matura.

Erste kriminelle Neigungen traten früh zutage. Sie vergrub ihre Puppen im Garten, denn sie wollte einen Teddy. Heute lebt sie mit Mann und zwei Hunden in Niederösterreich.

Anfangs arbeitete sie in einem chem. Labor, später in einer Hifi-Erzeugerfirma. Zuletzt war sie im Aufsichtsrat der Österr. Tochter eines amerikanischen Konzerns tätig. Erst im Unruhestand konnte sie ihrem Hobby nachgehen und versuchte sich an einem Roman. Eine Liebesgeschichte und einen Krimi veröffentlichte sie als SP. Damit begann eine Karriere als Nachwuchsautorin im Rentenalter. Es folgten bisher 9 Kriminalromane erst bei Kleinverlagen, später bei Emons und Medimont, sowie ein Kurzgeschichtenband bei Kral und Storys in Anthologien bei Gmeiner.

Mehr finden Sie unter www.grager.at

Gungl, Petra K.

»Feuerwerk für Mutige«, Seite 67

Die Wienerin Petra K. Gungl alias Petra Liebkind lebt fürs geschriebene Wort – zu Beginn noch als Juristin, mittlerweile hauptberuflich als Autorin. Dazu gehört auch die Herausgabe von Anthologien, Drehbücher, sowie ihre Tätigkeit als professionelle Sprecherin. Für die kampfsporterprobte Autorin ist ihre Familie, inklusive Kätzchen, die wichtigste Kraftquelle.

Dabei engagiert sich Gungl auch für andere AutorInnen, zum Beispiel bei den Österreichischen KrimiautorInnen und international bei den Mörderischen Schwestern e.V..

Spannung garantiert ihr neuester Kriminalroman DIABOLISCHER ENGEL, Leinpfad Verlag, genauso wie ihre romantische Komödie KUNG FU MAMA, Petra Liebkind, Piper Verlag. Gemeinsam mit Fenna Williams brachte Petra K. Gungl die Anthologie IN 18 MORDEN UM DIE WELT, Leinpfad Verlag, heraus, welche aktuell im Finale zum Skoutz-Award steht.

Mehr unter: www.petrakgungl.com

123

Kautz, Alexander

In Wien geboren und aufgewachsen, genießt als Grafiker seit über 30 Jahren die Lebensqualität und den Ausblick ins Grüne in Niederösterreich. Die enge Beziehung zu seiner Lieblingsstadt Wien und ihren Eigenheiten und Einwohnern bringt ihn trotzdem immer wieder dorthin zurück, vor allem auch in seinen Büchern.

So stolpert der Hauptakteur seiner Kriminalfälle, der Grafiker Jonathan Graberth, in seinen Urwiener Stammbeisln und Lieblingscafés nicht nur über skurrile Persönlichkeiten, sondern hin und wieder auch auf Leichen und mysteriöse Mordfälle.

Bereits erschienene Kriminalromane: »Sugar Dead« und »Wiener Gier« und die Kurzkrimis »Täter, Tote & Toxine«.

Krautgartner, Monika
»Nora«, Seite 109

Schriftstellerin, Kolumnistin, Illustratorin, geboren 1961,
lebt und arbeitet in Tumeltsham, OÖ.

Seit 1993 freischaffend künstlerisch tätig. Sie hat bereits über 60 Bücher veröffentlicht, ihr Schaffen wurde
mehrfach mit Preisen und Anerkennungen ausgezeichnet, u.a. mit einem Internationalen Kinder- und Jugendbuchpreis der Stadt Schwanenstadt für ihr Werk „Niemand stinkt wie Balduin", dem Goldenen Ehrenzeichen
der Stadt Ried, dem Funktionstitel „Konsulentin der OÖ
Landesregierung" und der Kulturmedaille des Landes
Oberösterreich. Die „Buchstabenmutter aus dem Innviertel®) begrüßt die Gäste auf ihrer Homepage mit dem
Statement: „Ich schreibe, weil ich muss, aber auch, weil
ich es kann."

Lerchbaum, Gudrun

»Generalprobe«, Seite 6

Gudrun Lerchbaum wuchs in Wien, Paris und Düsseldorf auf. Als Diplomingenieurin und erfahrene Architektin verfügt sie über beste Voraussetzungen zur Konstruktion von Luftschlössern und neuen Welten. Darüber hinaus war sie bereits Philosophiestudentin, Fabrikarbeiterin, Plakatkleberin, Kellnerin, Bürokraft, Grafikerin und bildende Künstlerin – nicht zu vergessen langjährige Alleinerzieherin und Mutter einer Patchwork-Familie. All diese Erfahrungen haben dazu beigetragen, dass es ihr leicht fällt, sich in die unterschiedlichsten Charaktere und Situationen hineinzuversetzen.

Nach zahlreichen Kurzgeschichten und ihren vielfach mit Stipendien und Nominierungen ausgezeichneten Romanen *Die Venezianerin und der Baumeister* bei Aufbau 2015, *Lügenland* bei Pendragon 2016, *Wo Rauch ist* bei Argument_Ariadne 2018 und *Das giftige Glück* bei Haymon 2022 erscheint im September 2023 ihr neuer Kriminalroman *Zwischen euch verschwinden* bei Haymon-Krimi.

https://gudrunlerchbaum.com/

Lercher, Lisa

»Beste Freundinnen«, Seite 63

Die gebürtige Steirerin lebt in Niederösterreich und schreibt seit 2001 Kriminalromane und Kurzkrimis. Ihr 2006 erschienener Roman "Die Mutprobe" wurde unter der Regie von Holger Barthel nach einem Drehbuch von Ivo Schneider für den ORF/MDR verfilmt. Zuletzt sind im Haymon Verlag die beiden Wachaukrimis "Faule Marillen" und "Jenseits auf Rezept" erschienen.

Makarewicz, Nicole

»Nachbarschaftshilfe«, Seite 97

*1976 in Wien, Journalistin und Autorin, studierte Kommunikationswissenschaft, Soziologie und Psychologie. 2009 erschien ihr Roman „Tropfenweise", 2010 ihr Erzählband „Jede Nacht" (beide Seifert Verlag). 2018 folgte ihr Thriller „Dein Fleisch und Blut" (Holzbaum Verlag). Gewinnerin des Forum Land Literaturpreises 2009, des 12. Münchner Kurzgeschichten-Wettbewerbs und des Mölltaler Geschichten Festivals 2020. Zudem wurden ihr das Krimistipendium Tatort Töwerland 2012 sowie mehrere Arbeitsstipendien Literatur zuerkannt. Zahlreiche Veröffentlichungen in Literaturzeitschriften und Anthologien.
www.nicolemakarewicz.com

Manz, Eric
»Bankauszug«, Seite 10

Geboren im September 1943 in Mödling. Nach Studium an der HTL Mödling und TU Wien Übernahme des väterlichen Gewerbebetriebs.

Zum Schreiben erst durch eine Astrologin gekommen, die meinte, mit seinem Sternzeichen und dem dazugehörenden Aszendenten bliebe nichts anderes über als zu Schreiben.

Kochbücher zählten nicht zu seinen Favoriten, also verfasste er Kriminalromane. Davon gibt es bereits neun Bände, die alle im Verlag „Federfrei" herauskamen.

Moshammer, Ulrike

»Tödlicher Strudel«, Seite 105

Ulrike Moshammer wurde 1975 in Vöcklabruck geboren, wo sie auch heute noch mit ihrer Familie lebt. Eine zweite Heimat hat sie in dem kleinen Kurort Bad Gastein gefunden, der sie mit seinem morbiden Charme und seiner mondänen Geschichte schon lange fasziniert. Sie hat in Salzburg Germanistik studiert, schreibt für ein Schülermagazin und arbeitet als freie Lektorin für Verlage und Selfpublisher.

Pfolz, Karina

»Der Pool«, Seite 84
»Endlich Liebe«, Seite 14

Die Autorin und Malerin lebt in Wien. Sie schreibt im Genre Thriller und Kinderbücher, die sie auch illustriert. Sie schreibt auch unter dem Pseudonym Ali Bi.

Sie ist mehrfache Preisträgerin für Ihre Bücher und die Illustrationen der Kunstbücher »Poetessa« brachten ihr bereits zwei Auszeichnung des ArtMuseumLuxemburg. Ihre Wien-Thriller »Vienna Sports«, 2021, und »Asche der Gier«, 2023, werden von der Stadt Wien-Kultur gefördert. Pfolz ist Mitglied der »KrimiautorInnen« und der »Mörderischen Schwestern« und unterstützt mit ihrem Wirken unter anderen die Autonomen Österr. Frauenhäuser, und die Kinderkrebshilfe Wien. Zudem ist sie Obmann-Stv der WKO Wien, Buch- und Medienwirtschaft.

Schmid, Ernst

»Über alle Berge«, Seite 42

Geboren 1958 in Jenbach/Tirol. Kindheit und Jugend in Schärding. Lebt in Linz und Haugsdorf.

Bisher hat er 5 Gedichtbände und 16 Kriminalromane veröffentlicht. Zahlreiche Kurzkrimis in Anthologien und Zeitschriften.

Tichler, Pepi

»Achtung Kinder«, Seite 26

Geboren in Linz. Da lebt er auch heute mit seiner Familie. Er war Banker. Seine wahre Leidenschaft gehört jedoch dem Schreiben. Er dichtet seit seinem 15. Lebensjahr Geschichten aus dem Leben – mittlerweile über 500.

1999 startete die jährliche Geschichten-Sammlung ‚Lesen & schaun‘ – nur für seine Freunde. 2015 erschien sein erster Roman, die ‚Tichler-Saga‘, 2018 sein Linz-Krimi ‚Wasserwald‘ und die ‚Anderen Weihnachtsgeschichten‘. 2020 folgte ‚Hummelhof‘, ebenfalls ein Linz-Krimi. 2021 brachte er die heiteren ‚Lockdown-Gschichtln‘ und den Kriminalroman ‚Bindermichl‘ heraus. 2022 erschein sein bisher letzter Thriller „Rafflesia". Alle Bücher erschienen im ‚BayerVerlag‘.
www.pepitichler.at

Weihsmann, Gert
»Terminal 2 «, Seite 93

1961 in Villach geboren, lebt seit mehr als drei Jahrzehnten in Wien. Hauptberuflich seit knapp 20 Jahren
im Management der internationalen Getränkeindustrie
beschäftigt, widmet er sich in seinem zweiten Krimi
„Wiener Lied" einem nächtlichen Reigen aus gefährli-
chen Begegnungen, musikalischer Leidenschaft und der
Bereitschaft eines Ausnahmetalents, den eigenen Tod
zu riskieren – um der Nachwelt eine geniale Komposi-
on zu hinterlassen.

Wieser, Gudrun

»Eine kurze Abhandlung … «, Seite 46

Gudrun Wieser (geb. 1987) machte ihre Matura bei den Ursulinen in Graz (damals noch eine reine Mädchenschule), darauf folgte das Lehramtsstudium für Deutsch und Latein an der Karl Franzens Universität in Graz. Aus Leidenschaft für die alten Sprachen hängte sie 2017 noch ein Doktorat in Klassischer Philologie (Latein) in Graz und Wien an. Als Lehrerin verschlug es sie schließlich an das geschichtsträchtige Akademische Gymnasium Graz, wo sie nun Latein, Deutsch, Interkulturelles Soziales Lernen und Darstellendes Spiel unterrichtet.

Daneben tritt sie als Erzählerin allein und als Duo Wieser&Wiesler mit der Schauspielerin und Autorin Marion Wiesler auf.

Wimmer, Barbara

»Das Leiden der Miranda«, Seite 50

Barbara Wimmer ist preisgekrönte Netzjournalistin, Buchautorin und Vortragende und lebt in Wien. Sie schreibt und spricht seit mehr als 15 Jahren über IT-Security, Netzpolitik, Datenschutz und Privatsphäre. Als Buchautorin schreibt sie Kriminalromane („Tödlicher Crash", „Jagd im Wiener Netz" und Sachbücher („Hilfe, ich habe meine Privatsphäre aufgegeben!").
https://barbara-wimmer.net

Wöss, Lotte R.
»Atemlos«, Seite 34

Lotte Reingard Wöss, geboren 1959 in Graz, absolvierte nach der Matura die Ausbildung zur Diplom-Krankenschwester. Sie ist verheiratet, hat drei Kinder, mittlerweile fünf Enkelkinder und lebt in Vorarlberg.

Schon als Kind schrieb und dichtete sie, doch erst im reiferen Alter fand sie zurück zu ihrer Leidenschaft, dem Schreiben. Ihr erster Thriller „Kaltblütige Abrechnung" erschien 2019. Mittlerweile hat sie zahlreiche Liebesromane, Thriller und auch Kurzgeschichten veröffentlicht, sowohl im SP als auch in Verlagen.

Wöss ist Mitglied bei den *Mörderischen Schwestern*, den *Krimiautor*innen Österreich* sowie bei *Romane made in Austria*

Zach, Bastian

»Geteiltes Leid«, Seite 38

Geboren 1973 in Leoben, lebt als selbständiger Roman-
und Drehbuchautor in seiner Wahlheimat Wien. Gemeinsam mit Matthias Bauer verfasste er die Bestseller-
Roman-Trilogie „Morbus Dei" bei Haymon, das zwei-
bändige Abenteuer „Das Blut der Pikten" und die epi-
sche historische Familiensaga „Tränen der Erde" / „Das
Reich der zwei Kreuze" bei Heyne.

Sein Kriminalroman-Debüt „Donaumelodien – Prater-
blut" im Gmeiner-Verlag wurde 2020 für den Leo-Pe-
rutz-Preis nominiert. Es folgten drei weitere Teile („To-
tentaufe", „Leichenschmaus" und „Fiakertod"), sowie
die Kurzgeschichten-Bände „Donaumelodien – morbide
Geschichten", „O Tannengrauen" und „O Weihnachts-
grauen".

Mehr unter: www.bastianzach.com

Zoppel, Guntram

»Si tacuisses, philosophe mansisses«, Seite 30

Gymnasialdirektor im Ruhestand, lebt in Dornbirn und Wien, ist begeisterter Leser von Kriminalromanen, spielt leidenschaftlich schlecht Golf, macht Yoga, kocht gerne und ist viel auf Reisen. Von ihm wurden bereits vier Vorarlberger Regionalkrimis veröffentlicht.

Der Kauf dieses Buches unterstützt die:

https://kinderkrebshilfe.wien

Gemeinsam schaffen wir Perspektive.

Spendenkonto:

BAWAG PSK
IBAN: AT25 1400 0063 1066 6066
BIC: BAWAATWW